# AFFAIRES ÉTRANGÈRES

Né le 3 mai 1954 à Paris, Jean-Marc Roberts est l'auteur d'une quinzaine de romans, parmi lesquels *Affaires étrangères* (prix Renaudot 1979), *Monsieur Pinocchio* (1991), *Les Seins de Blanche-Neige* (1994), *Affaires personnelles* (1996) et *Un début d'explication* (2000). Quatre de ses livres ont été portés à l'écran dont *Affaires étrangères*, mis en scène par Pierre Granier-Deferre sous le titre *Une étrange affaire*, prix Louis Delluc 1981.

*Paru dans Le Livre de Poche :*

LES SEINS DE BLANCHE-NEIGE

AFFAIRES PERSONNELLES

MÉCHANT

MON PÈRE AMÉRICAIN

JEAN-MARC ROBERTS

# *Affaires étrangères*

ROMAN

GRASSET

*pour pamela et gabriel*
*pour franck maubert*
*et michel braudeau*

« Train en détresse : train immobilisé en un point quelconque de la voie, par suite d'une avarie ou d'une puissance insuffisante de la locomotive. »

*Dictionnaire Larousse de la langue française.*

*Nous sommes retournés chez lui, ce matin. François conduisait. Moi à côté de François dans la Rover aux cendriers pleins des cigarettes que Bertrand ne fumait qu'à moitié. C'est une vieille voiture. François la donne fréquemment à réviser. Les pièces de rechange sont longues à venir. François laisse la Rover parfois plusieurs jours dans un garage du boulevard Lannes. Ils le prennent pour un touriste. C'est Bertrand qui disait ça.*

*François, qui, d'habitude, achète tous les journaux pour y chercher le nom de Bertrand, un écho sur les* Magasins *où nous travaillons ensemble, n'en a pas acheté aujourd'hui.*

*— Tu ne trouves pas que Paul aurait pu nous faire signe ?*

*Je n'ai pas répondu. Je n'ai jamais aimé Paul. Je savais bien qu'il pourrait se tirer de n'importe quelle situation.*

*— Ça doit être sa femme qui fait barrage, a ajouté François.*

*Nous nous sommes garés avenue d'Eylau, on s'y gare toujours facilement. En face de chez Bertrand, côté impair. François m'a tenu par le bras quand nous avons traversé. C'est une manie. Chaque fois que Lingre traverse une rue avec quelqu'un, il a peur de provoquer un accident. Arrivés devant chez Bertrand, François m'a rappelé qu'il ne fallait pas faire de bruit. La concierge. Les voisins. Ils n'ont pas besoin de savoir.*

*Nous sommes montés. Et François, qui a gardé un double des clefs, a ouvert l'appartement. Nous aurions pu éviter d'allumer la lumière, Bertrand a toujours vécu volets fermés, nous connaissons cet appartement sur le bout des doigts, dans ses moindres recoins.*

*Rien n'a changé, bien sûr. À croire que ni Bertrand ni personne n'a jamais habité ici. Un vieux musée.*

*Les pièces qui ne sont pas condamnées ne possèdent pas de porte. Une caisse de livres ou de revues, un canapé aux trois quarts défoncé sur lequel on n'ose plus s'asseoir constituent la seule séparation possible entre salon et salle à manger, couloir et boudoir. Huit pièces au total, neuf avec le débarras dont on a dû perdre le passe. C'est un grand appartement. Le tissu s'est décollé des murs, avec le temps. Bertrand disait parfois : « Il faudra que je m'en occupe, je ne peux plus recevoir. Vous connaissez de bons artisans, Louis ? » Je lui avais donné des noms, indiqué des adresses mais Bertrand avait trop de travail et ce n'est pas François, encore moins Paul, qui se serait chargé de ça.*

*Je me souviens que les larges trous dans la moquette amusaient beaucoup Bertrand ; celui qui n'était pas prévenu risquait de se prendre les pieds dans le tapis et tomber stupidement. Bertrand, alors, le regardait livré au ridicule et puis, goguenard : « Vous êtes bien maladroit, mon vieux ! »*

*Ses vêtements ne sont toujours pas rangés. Nous avons gagné la cuisine :*

*— Tu veux une biscotte, Louis ?*

*Un pyjama traîne sur l'évier, une cafetière qu'on a dû poser dessus lui évite de rejoindre le tas d'affaires à laver qui grossit par terre. Des affaires — chemises, liquettes, tricots de corps — que Bertrand n'a sans doute jamais portées. Des souvenirs plus que des affaires. Vêtements d'amis. En visite.*

*Nous sommes passés rapidement dans la chambre de Bertrand, seule pièce qui échappe au désordre. Le lit semble encore défait mais une couverture épaisse empêche les curieux de vérifier si les draps ont été récemment changés.*

*On retrouve, ce n'est pas étonnant, cette odeur de cuisine qui poursuivait Bertrand où qu'il allât, dans ses rendez-vous les plus absurdes, ses refuges, de sa voiture au bureau — un réduit — de sa secrétaire. Pauvre Odile. Un jour, elle m'a offert un Pernod dans le bistrot en face des* Magasins *pour me demander si moi aussi je n'avais pas remarqué... «Difficile à définir, disait-elle. Notez que moi, ça ne me gêne pas. Ce n'est même pas désagréable, on s'habitue... — Une odeur de pizza, non? — Exactement, Louis. Vous avez le mot juste: pizza.»*

*Sur le bureau de Bertrand reposent un certain nombre de dossiers visiblement mal classés: bilan des* Magasins, *tableaux de chiffres d'affaires comparés, projets de campagnes publicitaires, liste des téléphones des gens de la maison, tous ceux ou celles qui travaillaient pour lui. Comme s'il avait eu le droit de les réveiller en pleine nuit. Il ne se serait pas gêné: «Madame Chauveau, aurait-il crié dans le combiné sans même se présenter. Madame, la décoration du rayon des jouets n'a aucun sens. Nous devenons la risée des concurrents!»*

*À côté de ces dossiers qui nous renvoient trop directement aux* Magasins, *des demandes d'abonnement ou de soutien qui lui étaient adressées par divers journaux ou théâtres, Bertrand avait exercé le métier de professeur pendant sa jeunesse. Il n'avait rien décacheté de tout ça. Pas envie. Des lettres, cartes postales de ses rares intimes mais aussi des photographies d'enfants qui n'étaient pas les siens.*

*Je me suis rendu compte que Bertrand ne possédait pas d'effets personnels. Tout est à la fois à prendre et à laisser. Pas de tableaux. Aux murs, ces seuls tissus qui pourrissent. Pas de bracelet-montre sur la table de nuit. Bertrand achetait ses montres au Drugstore en haut des Champs-Élysées. Il aurait pu se servir aux* Magasins, *mais il n'aimait pas qu'on le surprenne, que cela se sache. C'étaient des Kelton, la plupart du temps. Il en changeait tous les ans, jetait volontiers l'ancienne s'il ne l'avait pas déjà égarée.*

*Pas de mobilier ni de bibelot ancien. Pas de beaux rideaux aux fenêtres, pas de rideaux du tout puisque les volets demeuraient clos.*

*À quoi tenait-il ? À ces visages d'enfants, certains édentés, qui l'auraient fixé des yeux aujourd'hui comme ils nous fixent François Lingre et moi ? Comment savoir ? Et surtout pourquoi savoir ?*

*— C'est pas le moment d'y aller ?*

*— Laisse-moi, Louis.*

*François va et vient, plus nerveux que d'ordinaire, sans même comprendre que ce qu'il cherche en tâtonnant n'a jamais existé. Poussières. Je le rejoins dans la salle de bains de Bertrand. La baignoire est encore pleine.*

— Qu'est-ce qu'on fout là, François ?

Il a tellement insisté pour que l'on vienne chez Bertrand, ce matin, si tôt.

— Tu vas voir, me disait-il dans la Rover. (François est passé me prendre, nous n'habitons pas loin l'un de l'autre, près de l'École militaire.) On va aller lui rendre une petite visite.

— Mais Bertrand est parti, François.

— À cette heure-ci, il est toujours chez lui.

Lingre avait raison. Bertrand nous suit du regard, il nous devine marchant de long en large dans son appartement, fouillant commodes et tiroirs, triant ses papiers, feuilletant ses journaux. Il sait que l'on ne trouvera rien de lui. À peine une ombre. Et que l'on finira par se disputer n'importe quoi : un gilet, un livre prêté, une lettre inachevée. Bertrand avait tout prévu. Il n'a jamais été aussi présent.

Ce que nous sommes venus chercher, un peu hagards avant notre deuxième café ? Rien de très précis.

Je sens qu'il faut partir. L'idée d'arriver en retard aux Magasins m'obsède maintenant. Nous sommes là, comme des voleurs.

— Les Magasins, Louis ?

François a éclaté de rire, c'est un peu le rire de Bertrand, saccadé. Il est assis par terre avec son paquet de biscottes qu'il mange les unes après les autres.

— Ça va servir à quoi qu'on aille aux Magasins ? m'a-t-il demandé.

Je me souviens de tout, de choses sans importance. Une couleur de costume, un titre de journal, une conversation surprise ou, plus banal encore, la démarche d'une femme croisée dans la rue et qui ne m'aura pas vu. Je suis capable de mettre une vie sur un visage avec la conviction de ne pas me tromper. Je n'ai pas besoin d'agenda. Je sais par cœur tous les gens que je connais et leur adresse, leur numéro de téléphone ou de poste de bureau. Cela me donne l'illusion d'en connaître un plus grand nombre. Je sais tous les mois vécus, toutes les dates, ne m'attachant qu'à des détails. Je me suis fabriqué le regard d'un homme de police.

C'était sûrement le début d'une année un peu trouble, l'année où tout a commencé, je me croyais menacé dans mon travail et dans mon ménage. Le jour même de la nomination de Bertrand aux *Magasins*, peut-être. Oui, ce jour-là doit signifier quelque chose qui se rompt en moi. Un jour gris d'avril, la radio annonçait chaque semaine des petites pluies sur le Bassin parisien. Nina et moi avions accepté d'aller dîner chez ma mère. Je m'y rendais en spectateur, pas du tout pour manger ; ma mère fait la cuisine comme tout le monde. J'avais dit à Nina : « Elle nous a invités si gentiment, ça n'a pas l'air de tourner rond. » Quand je voyais Nina se désintéresser de moi, m'échapper, rentrer tard, je pensais pouvoir la retenir et l'attendrir par mes problèmes de fils unique.

Ma mère habitait avec sa propre mère dans le treizième arrondissement de Paris, rue Boussingault, un vieil immeuble aux locataires irascibles qui ne supportaient pas le bruit, ni les étrangers, ni les aboiements de son chien Philémon, acheté à la SPA pour cinquante francs, un bâtard que ma grand-mère obligeait à aboyer une heure par jour parce qu'elle avait lu dans un journal que c'était bon pour lui.

J'avais vécu dix-sept ou dix-huit ans au 26 ter de la rue Boussingault, dans cet appartement aux pièces nombreuses mais petites, arrangées avec un goût moitié concierge, moitié romanichel — la plupart des objets exposés avaient été gagnés dans des fêtes foraines, chevaux de porcelaine, fleurs de plastique, calendrier des Postes — entre mes grands-parents et cette mère comédienne qui n'avait pas eu de chance dans la vie : « Tu es la seule chose que j'ai réussie », m'avouait-elle à chacun de mes anniversaires comme si cela devait me consoler de quelque chose.

Nous nous trouvions donc à table, ce soir-là, ma grand-mère Yette, le chien Philémon à ses pieds avec qui elle partageait tous ses repas — « je ne peux pas manger tout ce que l'on me donne, ça me fait du mal », disait Yette —, un couple d'amis, comédiens recyclés dans le revêtement de sols, et moi. Nina et ma mère ne restaient pas souvent assises. Elles veillaient à ce que l'eau des pâtes ne déborde pas, à la bonne cuisson de la sauce. Nous mangions rarement tous ensemble. Ce n'était pas gênant dans la mesure où il n'y avait jamais rue Boussingault de véritable sujet de conversation. Les invités discouraient sur la nourriture qui leur était proposée, ma mère s'en prenait au boucher qui l'avait mal servie. Yette, quand elle ne m'adressait pas des signes de mécontentement, « tiens-toi droit », « mange pas trop vite », répétait inlassablement qu'elle était fière de moi, que, tout seul sans l'aide de personne, je m'étais débrouillé comme un chef et puis, si Nina n'écoutait pas : « Tu aurais pu trouver mieux quand même, disait-elle avec regret en parlant de ma femme, ah ! si seulement tu m'avais laissée manœuvrer... C'est une princesse que tu aurais épousée ! »

J'ai toujours soupçonné Yette d'être folle. Pas simplement dérangée comme le deviennent les grands-mères quand elles perdent leurs mots. Une vraie folle. Quand mon grand-père vivait encore, qu'il descendait faire une course dans le quartier, Yette me chargeait de le suivre : « S'il te voit, joue les idiots, raconte une baliverne. Ne lui dis pas que c'est moi, il me tuerait ! »

Jeannot devait avoir à l'époque près de soixante-quinze ans, Yette s'était persuadée qu'il couchait avec une voisine.

Si ma mère rentrait tard d'une répétition de théâtre, il arrivait à Yette de faire la morte dans son lit. Elle n'oubliait jamais de me prévenir : « Je fais ça pour l'emmerder. Je vais mieux que toi et moi ! »

Ma mère se laissait facilement prendre au piège. Yette ne bougeait vraiment plus sous ses draps, s'empêchait de respirer. Pourtant, quand elle entendait sa fille décrocher le téléphone, sans doute pour appeler du secours, Yette se levait d'un bond, courait jusqu'à la chambre de ma mère, lui disait toutes sortes d'inconvenances avant de dramatiser la situation : « C'est comme si tu me flanquais des coups de poignard, là et là ! gémissait-elle en montrant son cœur et son ventre. Tu m'enlèves chaque fois une année de vie ! »

Il fallait voir gesticuler les deux petites femmes, si fragiles et menues, qui n'avaient peut-être jamais su s'aimer. « Attends que je n'y sois plus, ne manquait pas d'ajouter Yette. Attends qu'il n'y ait plus personne pour s'occuper du gosse, je te souhaite du plaisir ! »

Et elle retournait se coucher.

Nous n'en étions pas encore là. Tout le monde enfin réuni autour de la table, je répondais poliment aux questions concernant mon travail aux *Magasins*.

— ... Au service promotion, oui. C'est-à-dire que je participe à toutes les campagnes publicitaires.

Et Yette crut qu'il était indispensable d'apprendre à nos amis qu'elle n'avait pas payé ou presque les deux fauteuils du salon :

— C'est un cadeau de mon petit-fils. Ils lui font jusqu'à quatre-vingts pour cent de réduction !

J'attendais bien sûr le déclic qui allait transformer cette soirée en source de tracas. Au dessert, René, cet ami comédien, essaya de se rappeler depuis combien de temps il connaissait ma mère.

— C'était pour *Naissance d'une étoile*, le radio-crochet. En 52 ou 53, mon Louis n'avait pas deux ans.

— Tu ne l'as donc pas eu si jeune que ça, remarqua le malheureux René.

— Comment? fit ma mère en haussant le ton.

Yette avait déjà compris. Elle me gratifia d'un sourire complice, se leva de la table, comme à son habitude, entraînant le chien qui ne la quittait pas :

— C'est toi le plus brave, mon Philo, viens, ça va mal finir.

Ma mère entra dans une colère impossible, racontant une fois de plus qu'elle m'avait eu à seize ans, qu'elle était complètement inconsciente et naïve lors de son mariage avec mon père, que c'était la raison de son divorce, six mois seulement après ma naissance.

— Ne me dis pas que tu avais dix-neuf ans quand on s'est rencontrés, j'en avais près de trente et Millie vingt-cinq!

René se montrait de plus en plus précis. Il en fallait moins à ma mère pour se fâcher avec quelqu'un. Ainsi, avait-elle peu d'amis. Simplement des gens du métier, des figurants qu'elle parvenait à fasciner en évoquant ses succès imaginaires ou mieux, ses amours inventées avec un acteur anglais célèbre. Je faisais partie des quelques personnes de la famille à savoir la vérité. Sur sa vie et son âge.

Il n'y avait pas de quoi rire. Le spectacle un peu désolant de ma mère légèrement ivre, qui s'était mise à insulter René en italien, me rappelait mes premières sorties nocturnes. Avec elle. En amoureux. Quand je l'accompagnais dans les cabarets de la rive gauche où elle se produisait. Pour cinquante ou soixante francs, le prix de notre chien. Elle arrivait en scène habillée en petite fille et exécutait son numéro comique. Les rares clients, joyeux drilles, hommes d'affaires de province, couples illégitimes parlaient souvent très fort ou préféraient ne pas écouter du tout. Debout, au fond de la salle, ou en coulisse si elle craignait qu'on lui vole son sac, j'étais là. Son seul public.

J'aimais l'acharnement de ma mère à poursuivre cette fameuse étoile, à exercer sa profession dans ces sinistres conditions. « Les femmes de ménage, on les respecte, au moins ! » me disait-elle. Pour rien, vraiment. La sensation d'être meilleure que la veille et moins bien que le lendemain. Petits rêves. « Y a-t-il un producteur dans la salle ? » « Va-t-on me garder longtemps ? » « Untel m'a trouvée géniale, GÉNIALE ! »

Après son tour, nous descendions au bar des artistes car si on la payait peu et mal, on lui donnait en récompense des tickets de boissons gratuits. C'était une bonne époque et je grandissais au milieu de ces tocards qui, aujourd'hui, viennent peut-être acheter des guirlandes aux *Magasins* pendant la période des fêtes.

Yette entretenait le mythe de la comédienne à succès. Elle voulait voir la photo de sa fille dans le journal, surtout les magazines au papier glacé. Quand ma mère passait à la télévision, Yette avait averti tout le quartier, les gens nous en parlaient une semaine entière.

Au lycée, pourtant, personne ne croyait aux triomphes de la mère de Louis Coline. Il fallait pour que ça marche que je me procure des billets de théâtre. Que j'emmène mes camarades dans la loge de la vedette après la représentation.

Nina et moi débarrassions à présent la table

de la salle à manger sans rien nous dire, comme les vieux enfants de la maison. Nous laissions à ma mère le soin de mettre René et sa maîtresse à la porte avec ses mots à elle :

— Je suis fatiguée, je ne contrôle plus ce que je dis, je m'excuse mais on a toute la vaisselle à faire, maintenant.

Leur départ allait provoquer, j'en étais sûr, une crise de larmes :

— Je sais bien que c'est idiot, pleurnichait mon actrice favorite, nous regardant ranger chaque chose à sa place. Pas là le fromage, sinon le chien va le manger.

Je pensais que Nina en avait eu assez, nous nous apprêtions à partir.

— La prochaine fois, je mettrai de la viande dans la sauce, jurait ma mère en se mouchant dans sa serviette. Coupée très fin avec du basilic et des herbes en poudre...

— On s'appelle demain, demain matin.

Yette faisait sa toilette enfermée à double tour avec le chien. Nous l'embrassions. Fort, fort.

Dans la voiture de Nina — je n'ai jamais voulu passer mon permis —, je compris que ma femme me demeurait éloignée. Elle trouva quelques mots inévitables pour me réconforter :

— À part ça, tout va bien, chacun dans la vie...

J'avais espéré autre chose. Qu'elle me plaigne vraiment.

Nous avions dépassé la place Denfert et son lion immobile.

— Tout va bien, c'est commode de dire que tout va bien. Tu ne sais pas la journée que j'ai eue aux *Magasins*.

— Écoute, Louis, tu y es entré depuis moins

de deux ans. Tu as des horaires en or... Il ne faut pas exagérer.

— Je me demande s'ils vont me garder, me décidai-je à révéler à Nina. Ils ont engagé un homme neuf à la direction pour remplacer le vieux Foss. On prévoit des charrettes. C'est un type qui a un passé, Nina.

— Il est peut-être très bien. Tâche de le connaître. Comment s'appelle-t-il ?

— Malair. Bertrand Malair.

— Ne te fais pas du souci comme ça, mon Louis. Je suis là.

Les « je suis là » de Nina résonnaient en moi comme trois mots magiques. Nous étions arrivés devant chez nous.

— Tant pis pour la contravention, décida Nina, je n'ai pas le courage de chercher une place.

Je savais que la nuit serait bonne, maintenant. Nina me précédait, grimpait les trois étages. J'oubliais peu à peu ma mère, les *Magasins*. J'aimais voir Nina me revenir ainsi, très doucement, à la manière d'un chat qui vous a boudé trois jours sans raison. Il y avait dans ses yeux gris une vraie insouciance, un bonheur tranquillement différent. Ce regard suffisait. Il signifiait pour moi : « Je ne te quitte pas. »

Je n'ai pas poursuivi mes études après le baccalauréat. Cela n'aurait servi à rien. Quand je rencontrai Nina, je ne travaillais pas vraiment : je vivais de ma collection de timbres ou plus exactement de la collection qui avait appartenu à mon grand-père et que j'exploitais tant bien que mal depuis sa mort. Je vivais au Carré Marigny en échangeant et revendant mes doubles à de vieux collectionneurs, des demi-clochards qui ne paient pas de mine et dont on apprenait un beau jour qu'ils étaient propriétaires de plusieurs immeubles dans Paris. Je me souviens que selon les affaires conclues dans la journée, ils rentraient soit en métro soit en taxi. Il y en avait un qu'on appelait le mourant. Il demeurait allongé sur un banc tous les après-midi de Marigny et entendait donner des consultations. Il désirait qu'on lui apporte une collection entière, des milliers de timbres. Attendait patiemment que vous lui ouvriez votre serviette en skaï, relevait difficilement la tête pour constater l'ampleur de la collection et se présentait : « Je suis le mourant, le plus vieux marchand de timbres du pays. »

Alors, il dépliait son mètre quatre-vingts, vous accordait un sourire et avec une belle assurance, sans perdre de temps, il tranchait : « vrai » ou « faux ». Cela dépendait de l'aspect de son visiteur. De toute manière, le mourant ne regardait jamais les timbres qu'on lui montrait. Il posait ses mains gercées sur l'album et, telle une vieille voyante, il se faisait sa petite idée sur la question.

Ce fut le père de Nina qui me permit plus tard d'entrer aux *Magasins*. Il connaissait le vieux Foss, m'avait recommandé auprès de lui. Les parents de Nina étaient herboristes avenue Victor-Hugo. La femme de Foss leur achetait régulièrement des plantes médicinales. Elle aurait pu envoyer quelqu'un, un domestique, le chauffeur de son mari, mais elle s'y refusait, éprouvant un besoin physique de se rendre dans cette herboristerie : « Tant que c'est moi qui viens, ça veut dire que ce n'est pas trop grave ! » avait-elle expliqué à Mathilde.

De quoi souffrait-elle ? On ne le sut jamais. Une fois par semaine, elle venait s'approvisionner en herbes comme on s'approvisionne en sucre et en café avant une guerre.

Les parents de Nina habitaient au-dessus de leur boutique l'appartement où Nina avait grandi sans moi. Il m'arrivait d'être jaloux de son enfance, de tous ceux qui l'avaient connue ou approchée.

Robert et Mathilde me paraissaient très proches. Je retrouvais en eux les différents traits de Nina qui m'avaient ému. Mathilde avait sa blondeur, sa rondeur. Robert son rire. Apaisant. Plus âgés que ma mère et mon père, ils avaient su calmer leur vie tout en demeurant merveilleusement imprévisibles.

Ils venaient juste de dépasser la cinquantaine

quand nous nous étions mariés Nina et moi. À vingt-cinq ans, parce que ça me faisait plaisir. Robert avait choisi ce moment pour décider de mon avenir.

— Vous ne comptez pas rester au Carré Marigny toute votre vie, mon petit Louis ?

Nous déjeunions tous les quatre avenue Victor-Hugo :

— Je t'ai préparé du gigot, Nina, comme tu aimes, disait Mathilde que j'avais épousée en même temps que Nina.

Évidemment, je n'allais pas finir comme le mourant, perdu entre des neufs et des oblitérés. Je pensais que Robert voulait me parler de l'herboristerie, on aurait pu la reprendre avec Nina. Je nous imaginais assez bien derrière un comptoir. Mais nous n'avions aucune compétence et Robert et Mathilde songeaient à abandonner leur magasin. Ce n'était qu'une gérance, leurs économies devaient leur permettre d'acheter une petite maison en dehors de Paris, comme la plupart des couples prêts à mourir ensemble.

— Tu connais les *Magasins*, Louis ?

C'était parti comme ça : une bonne idée. Généralement, les bonnes idées en déclenchent d'autres et s'évanouissent au fur et à mesure.

— Tu n'es pas bête du tout et puis tu sais l'italien, surenchérissait Mathilde.

Je ne les écoutais pas. J'affectionnais mes timbres, mes vieux, mes morts. Travailler aux *Magasins* signifiait pour moi le début d'un classement odieux. Je ne voyais que la blouse bleue, pas très bien repassée, d'une fille agacée derrière sa caisse, les sourires serviles d'un vendeur zélé, la casquette d'un chef de rayon trop vite monté en grade, les doigts fins, ongles coupés courts, d'un démonstrateur de chaîne haute-fidélité. Je ne connaissais des *Magasins* que sa façade et ses vitrines, son néon, ses lettres lumineuses qui éclairaient une partie de l'avenue de l'Opéra. Un grand magasin comme un autre.

— Eh bien! figure-toi que Foss s'apprête à renouveler son équipe à la promotion, m'annonça mon beau-père. Foss s'est fait tout seul, Louis. Former un jeune ne devrait pas lui déplaire.

Tout semblait donc arrangé. Robert et Mathilde, qui me destinaient à une belle carrière, ne parvenaient pas à me décevoir. J'avoue que le service promotion, cela sonnait déjà mieux, ne serait-ce que pour ma mère, Yette, les gens de la rue Boussingault.

J'en reparlai avec Nina chez nous:

— Tu sais, moi aussi, je peux travailler si tu veux continuer les timbres.

— J'arrête les timbres.

J'avais promis à Robert de rencontrer Foss la semaine suivante. Le rendez-vous fut fixé à un jeudi.

William Foss ne ressemblait pas à un directeur de grand magasin. D'origine flamande, il avait gardé un accent indéfinissable et se permettait de curieux écarts de langage. Homme précis et délicat, il teignait certainement ses cheveux d'un roux trop frappant pour quelqu'un de son âge, secouait, dans ses moments de colère, les cinq mèches que lui avait laissées le coiffeur Desfossé pour le voir revenir. Il prenait parfois un air absent, presque mélancolique, de chien battu:

ministre de la Quatrième qui n'aurait pas touché sa pension. Foss adoptait volontiers cette attitude quand on ne l'approuvait pas complètement dans ses choix et gagnait toujours l'estime des petits, sachant provoquer chez eux des sentiments mêlés de pitié et de tendresse. Un champion de la dramaturgie. Je n'ai jamais cherché à comprendre comment il en était arrivé là, à ces responsabilités, ce pouvoir. Car, si les *Magasins* n'étaient pas une affaire de famille et demeuraient sous l'emprise et le contrôle des banques, de grands trusts, leur directeur régnait et agissait seul. Assurément, il leur rendait des comptes, se pliait à leurs décisions mais nous ne le savions pas.

William Foss n'entendait rien à la publicité. Il en avait fait le secteur fantôme de la maison, se débarrassait innocemment des gens quand il ne voulait plus voir leurs têtes, s'il jugeait qu'une campagne d'affiches avait coûté trop d'argent à l'entreprise.

Il se montrait souverain dans la manipulation de ses employés. Un beau jour, il vous nommait chef de service, évitant de vous préciser qu'il avait promis le même poste à deux ou trois de vos collègues et cela dans la même journée. Passé quelques heures, il assistait aux dégâts : tout le monde se croyait directeur. Si les gens devinaient le subterfuge, s'ils désiraient le voir, le rencontrer, lui réclamer des explications, Foss entrait dans une réunion imaginaire et ne les recevait pas. Une démission en entraînait une autre. Fier de lui, Foss faisait alors le tour complet des *Magasins*. Il s'attardait à chaque rayon : les vendeuses l'adoraient. Il se souvenait de celle qui avait un ou plusieurs enfants, demandait de leurs nouvelles avant de lâcher : « J'aime connaître les gens que je paye à la fin du mois. »

Il partait le dernier dans une Simca 1300 noire qui l'attendait avenue de l'Opéra devant un empire qui n'était même pas le sien.

Notre premier entretien fut très bref, sans cesse interrompu par les bruits ou les voix qui sortaient du vieil interphone posé sur sa table. Foss avait exigé que l'on place le même appareil dans les bureaux des cadres. Il appelait ainsi n'importe qui pour n'importe quoi, guettant une faute.

Je me doutais bien que je ne représentais rien à ses yeux, un gendre d'herboriste, que je lui reviendrais moins cher s'il m'engageait qu'une personne plus âgée ou plus qualifiée que moi. Dans son cabinet — il disait « mon cabinet » plutôt que « mon bureau » — on se serait cru chez un mauvais antiquaire, la couleur or dominait ; chaque meuble ou objet un peu trop brillant pour paraître vrai, tel le roux de ses cheveux.

— Non merci, je ne fume pas, mais vous pouvez fumer, me dit-il. C'est incroyable, ça attaque directement les poumons, on meurt en un rien de temps.

Je rangeai mon paquet de cigarettes.

— Vous voulez donc travailler ici, reprit Foss. C'est une bonne idée. J'ai eu beaucoup d'ennuis avec ce service. Les gens n'y sont pas nombreux mais on attrape vite la grosse tête dans la publicité. Écoutez, je vous propose un marché, je vous prends mais à une seule condition, monsieur… (il chercha mon nom dans ses petits bouts de papier), monsieur Coline. Il faudra ouvrir l'œil, tout me dire.

— Je ne comprends pas.

— Ne faites pas l'imbécile. Tout ce qui se trame contre moi, vous voyez. Ce que l'on raconte. Vous serez l'assistant de Doutre pour débuter. C'est le chef du service. Je n'ai aucune confiance en lui. Je me demande s'il n'est pas pédéraste. Il est marié, bien sûr, mais vous savez ce que c'est. On rencontre un garçon dans un bal et hop !

— C'est de l'espionnage.

Je lui coupai la parole, décroisant enfin mes jambes, un peu maladroitement.

— Oh ! je connais vos possibilités. Votre beau-père m'a raconté Marigny, les timbres, vos talents de camelot...

Il ne fallait décevoir personne et j'acceptai. Comme ça, pour ne pas rentrer les mains vides.

— Vous passerez voir De Mer, le chef du personnel, s'il n'est pas en train de picoler au bistrot... Pour la question d'argent, on dira quatre mille brut. Ça va ?

Je me contentai de hocher la tête.

— Bon, conclut Foss. Vous commencez lundi, le 2. De Mer vous expliquera. Les horaires, le fonctionnement, la routine.

Je serrai la main de Foss qui poissait un peu, sans doute ces sacrés bonbons au miel qui ne le quittaient pas. Je descendis d'un étage pour rencontrer De Mer. Une erreur de porte me fit croiser les vendeurs pressés, tout sourire. Les *Magasins* étaient ainsi conçus que la séparation entre rayons et bureaux paraissait illusoire. Une simple pancarte indiquait sur l'une ou l'autre des différentes portes « Interdit aux clients ». Comme au théâtre. D'une cloison à l'autre, deux univers interchangeables. Chacun son odeur, pourtant. Une odeur propre à chaque rayon, à chaque article invendu : peaux de loup, tapis persans dépliés sur toute leur longueur pour épater l'éventuel acheteur. Rayon des parfums aux vendeuses technicolor et embaumées ; kilomètres de fleurs artificielles au sous-sol, jardin d'Éden poussiéreux. Appartements reconstitués, du living au dressing, où les enfants et les vieillards ont l'habitude d'attendre leur famille, allongés sur les lits, affalés dans les canapés ou les fauteuils. Comme chez soi. Au dernier étage, le salon de thé-naphtaline où de grosses dames chargées de paquets se donnent l'illusion d'être des femmes du monde.

De Mer m'expédia en cinq minutes, il occupait un bureau minuscule, une moitié de placard :

— Ça défile dans le service, vous savez !

Je remarquai plusieurs canettes de bière dans sa corbeille. Rougeaud et constipé, il écrivait à toute allure sans même lever la tête.

Renseignements pris, De Mer m'envoya une bourrade qu'il crut amicale, fausse familiarité :

— Vous faites partie de la maison, monsieur Coline, aboya-t-il dans un éclat de rire.

C'était fini. J'empruntai l'escalier réservé au personnel, je n'allais plus connaître que celui-là.

Aux réactions de joie de Yette et de ma mère, jointes rapidement au téléphone, Nina et ses parents répondirent par un esprit d'à-propos qui me déconcerta :

— L'important, c'est que tu sois salarié, mon petit Louis, que tu bénéficies du régime de la Sécurité sociale, me dit Mathilde. S'il t'arrivait quelque chose à toi ou à Nina, touchons du bois, mon Dieu, tout serait couvert !

Un dîner m'attendait avenue Victor-Hugo, on se préparait à fêter l'événement. Je savais que mes timbres resteraient dans leur album. Le mourant mourrait sans moi.

Ces années-là changèrent peu notre vie. Nous nous étions acheté des meubles, un matelas Épéda, un confort. Pour un peu d'argent, Nina avait choisi de promener les enfants des autres l'après-midi au Champ-de-Mars, je travaillais peu et plutôt mal. Aux *Magasins*, je ne parlais à personne. Inutile de lier des amitiés, d'imposer à Nina, le soir, des collègues à dîner. Les épier me suffisait.

Je m'occupais dans mon coin. Je préparais mon tiercé le jeudi matin, dressais une liste de tous mes amis et les classais par ordre de préférence. Ou, si j'étais seul dans le bureau, sans Doutre ni secrétaire, je donnais des coups de fil dans tous les sens pour tenter d'organiser la partie de poker du lendemain.

Nous étions convenus avec Foss d'un rendez-vous hebdomadaire — c'était le vendredi avant le repas — où je lui rapportais bruits et rumeurs, lui distillant chaque nouvelle dans un maximum de détails. Il s'en montrait toujours très friand et satisfait. Aussi, quand mon matériel me paraissait trop mince, j'en inventais pour accroître sa méfiance même si le pauvre Doutre n'avait pas d'homme dans sa vie.

La plupart des grands magasins de la région

parisienne multipliaient leurs efforts en matière de promotion, soignant leur image de marque, la qualité de leurs annonces, faisant très souvent appel à des agences spécialisées. Foss avait toujours réagi contre ce genre de procédés. Se sentant certainement trop petits pour parler de marketing, les *Magasins* engageaient le minimum de frais en publicité : « Demander à des gens de l'extérieur de vendre notre nom, ça jamais ! clamait le vieux Foss. L'extérieur c'est la peste ! Je veux avoir tous mes hommes sous la main. Pour quoi est-ce que je vous paye, Doutre, les autres ? »

Je n'avais pour ma part aucune raison de me plaindre. J'étais régulièrement augmenté pour services rendus, disposant assez librement de mon temps. On commençait à imaginer autour de moi que j'avais l'étoffe d'un successeur idéal de Doutre. Cela se révéla pourtant moins simple que prévu.

Après ma première année de *Magasins*, Foss tomba malade. Un énorme bouton lui était poussé sur la joue gauche, il respirait mal, perdait la mémoire, on parlait de cancer, lui qui ne fumait pas.

Il se mit à manquer, séjournant fréquemment dans une clinique de la banlieue. Il nous fallut espacer puis interrompre bientôt nos séances du vendredi matin. Je lui adressai des lettres mais il ne les lisait pas.

Ses allées et venues de demi-cadavre, ses absences répétées durèrent presque un an. Un jour, les gens de l'ombre, ceux qu'il nous avait appris à oublier, que des employés comme moi ne pouvaient connaître, réunirent une assemblée extraordinaire à laquelle participèrent tous les cadres de l'entreprise. Foss, du fait de sa maladie, devenait consultant, un nouveau directeur était nommé. Un seul nom sortit des chapeaux de nos dirigeants anonymes. C'était celui de Malair. C'était Bertrand.

J'ai souvent l'impression de n'être qu'une doublure. Nina n'avait pas envie de comprendre cela, admettait difficilement mes manques, mes absences, ma vraie faiblesse. Je me sens parfois tout à fait inculte. Je lis quoi ? Un livre par an, et encore, c'est en vacances, dans le train, sur la plage. J'écris avec cent mots. J'en ai longtemps voulu à Nina d'être si sûre de moi. Je ne parle pas de notre couple, Nina se moquait bien d'être trompée. Je ne la trompais pas, de toute façon, je n'ai jamais su faire ça très bien. Mentir. Je mens pour des choses futiles. Plus que des mensonges, ce sont des histoires déformées, racontées d'une autre manière. Quand je n'étais pas capable de surprendre Nina par ce que j'avais fait, je lui disais mes histoires.

Je poursuis l'idée parfaitement absurde que j'ai un sosie quelque part, un type dans le même genre que moi, qui me ressemble trait pour trait mais légèrement mieux que moi et cela dans tous les domaines. Soudain, j'ai peur que le type sorte de sa boîte, de son trou, qu'il se présente sous mon identité partout, qu'il me prenne d'abord Nina, puis mon travail, mes amis.

Je pense ça, bizarrement, quand tout marche bien, au moment où le sosie en question n'a pas vraiment de souci à se faire, ni à lever le petit doigt. Quand les couverts sont mis, qu'il n'a plus qu'à s'asseoir. Je deviens alors cette doublure à mon tour. Je connais mon rôle, mes répliques par cœur, mais je me tais. Ce n'est pas à moi.

Bertrand Malair ne se montra pas aux *Magasins* avant un mois. Il attendit trente jours après le jour de sa nomination, préparant son entrée, se faisant apporter des dossiers chez lui, avenue d'Eylau. Il laissait volontiers les employés des *Magasins* dans le doute et la crainte. On prévoyait des charrettes, c'est vrai. Chacun dans nos souliers, nous tracions le portrait de Bertrand le plus fidèle qui soit. Cela devait lui plaire : ces questions, ces bavardages, suppositions déplacées. Les bruits les plus fous circulaient à son sujet. Les hommes à secret — il paraît que Bertrand en était un — obtiennent toujours des autres un supplément de passé. Il suffit d'avoir un secret, si mince soit-il, pour que l'on n'hésite pas à mettre le secret au pluriel. Le passé se complique inévitablement, la vie du personnage se couvre et se recouvre de mystères, d'énigmes.

Les gens des *Magasins* vécurent très mal le long mois qui précéda l'arrivée de Bertrand. On apprenait chaque jour un élément nouveau, un détail scabreux, une anecdote croustillante, s'apercevant au fur et à mesure que rien ne collait vraiment. Les poupées s'emboîtaient mal.

Que ce soit Doutre, mon chef présumé, ce brave homme un peu flasque qui ne donnait d'ordre à personne et qui se cachait pour rire quand on lui faisait une blague, que ce soit De Mer, client principal de la machine à distribuer les bières, qui salissait toujours la lunette des WC, ou Mlle Pré, la comptable vinaigre, qui effectuait nos virements en retard et dérangeait son bureau avant de s'en aller pour embêter les femmes de ménage, tous s'étaient fabriqué une vie de Bertrand différente. Ils regrettaient sûrement, comme moi, le vieux Foss, mais n'osaient le dire.

Le petit professeur Malair devenu directeur de grands magasins, cela les faisait rêver. Ils alimentaient ainsi leurs déjeuners, le pastis au bar, les coups de téléphone, le week-end chez les amis s'ils avaient une voiture ou simplement des amis, tout ce qui dans leur vie à eux paraissait vide de sens et tellement durable. Impossible à échanger contre une autre existence.

Les parents de Nina avaient quitté Paris pour Fontainebleau avant le paiement du premier tiers provisionnel dont Robert m'avait, je crois, avancé la somme. Ils avaient trouvé leur maison, abandonnant enfin l'herboristerie de l'avenue Victor-Hugo, l'appartement cosy, leur quartier de petits chiens aux manteaux d'hiver et de vieux immeubles.

— Vous viendrez nous voir, hein ?

Je me rendis compte, le jour de leur départ, qu'ils n'avaient rencontré ma mère et mon père qu'une seule fois, à l'occasion de mon mariage. Mon père habitait loin, c'est vrai, au Québec où il avait ses *Magasins* à lui, ses affaires. Ma mère fuyait les couples formés depuis longtemps, les bien-mariés.

Le lendemain de la soirée-spectacle, ce dîner avec René, j'appelai ma mère au téléphone, comme tous les matins, directement des *Magasins* afin de ne pas perdre de temps.

— Qui est à l'appareil ?

C'était ma grand-mère qui, manifestement, refusait de me comprendre. Je lui dis mon nom plusieurs fois et elle :

— Louis ? Comment, Louis ? Mais il n'habite plus ici, monsieur, vous faites erreur. Remarquez, j'ai gardé toutes ses affaires, si ça peut faire votre bonheur, venez les chercher, ça nous débarrasserait l'armoire de sa chambre...

— Allô !

— Vous vous arrangerez avec ma fille pour l'argent. Il y a de très jolies choses, vous savez.

— Mais c'est moi, Yette. Passe-moi maman. Je suis au bureau, je ne vais pas crier.

— Oh ! Oh ! fit Yette. Vous voudrez bien me parler sur un autre ton. J'ai soixante-dix-huit ans et je vais sur mes soixante-dix-neuf ! Je vous répète que Louis n'est pas là. Fichez-moi la paix, à la fin !

Je raccrochai. Ma mère saurait comment me joindre. Elle n'attendait jamais très longtemps avant de me rappeler. La secrétaire que nous partagions avec Doutre me prévenait alors :

— Une personne en larmes au téléphone, elle demande Louis.

— Ça doit être pour moi, Christine. Je prends.

Ma mère retrouvait son calme quand je menaçais de ne plus la voir. Ce matin-là comme tous les autres.

— Je ne comprends pas, pourquoi ne pas m'avoir téléphoné, Louis ?

Je l'entendis renifler. Et puis, après un silence, je lui expliquai la confusion de Yette en lui jurant sur la mort de mon grand-père Jeannot que j'avais bien téléphoné.

— Je descendais le chien et la poubelle, continuait-elle. C'est incroyable ce qu'ils ont mangé. Il ne nous reste rien.

Je lui promis de l'aider un peu et :

— Bon, je vais te laisser, j'ai à faire.

— Tu m'en veux pour hier soir, mon Louis. Yette m'a dit que tu passerais retirer toutes tes affaires. Je crois qu'elle a raison. Je devrais couper les ponts avec ce René. C'est un aigri, ça ne m'étonnerait pas qu'il porte la poisse. Et puis tu as vu Millie, drôlement tapée, non ? Avoue que je fais dix fois plus jeune ! Philo', sois sage, tu vas bientôt manger. Je te quitte, mon Louis. Le chien a très faim.

Nina allait bien aujourd'hui. Nous déjeunions tout près des *Magasins*. Nina était venue me chercher à la sortie.

— J'irais bien à Londres, me confia-t-elle. Michel et Sophie y passent l'Ascension. On pourrait y rester la semaine, nous ?

Je n'aimais pas partir. Je craignais qu'un départ ne précipite ma chute aux *Magasins*, qu'on me remplace facilement ou pas du tout puisque je n'y faisais rien. Même pour une semaine. Aussi, avais-je toujours triché sur mes vacances : j'en prenais moins que prévu, moins que les autres.

— En ce moment, ce sera difficile, dis-je à Nina qui baissa aussitôt les yeux, devint distraite, fit semblant de chercher quelque chose de bon dans le menu.

Le garçon du café Wagner venait prendre la commande. Nina ne réussissait jamais à se décider pour la nourriture, elle attendait parfois plusieurs minutes avant de choisir la même chose que moi, pour faciliter l'addition.

— Eh bien, juste le week-end ! (Elle essaya de me convaincre plus tard.) Tu t'accorderas ton vendredi.

— Vaut mieux pas. Vas-y sans moi !

Nina partit pour Londres avec Michel et Sophie.

— Ça ne t'ennuie pas ?

— Bien sûr que non.

— Tu me disais que ça n'allait pas aux *Magasins*. Tu ne seras pas trop triste ?

— Tu me manqueras.

C'est là, d'habitude, que ma femme remettait son voyage en question pour rester avec moi, dans notre lit, nos dimanches, mais cette fois :

— Toi aussi, tu me manqueras. (Elle m'avait souri.) Ça va nous faire du bien cette petite séparation. Je te ramènerai des pulls, tu verras.

Elle murmurait des mots de film, comme un bout de rôle qu'on écrit sur une nappe de restaurant. Nina ne parlait pas comme ça. Était-ce un roman qu'elle avait lu ? Ou une amie qui lui avait conseillé de m'oublier un peu ? Peut-être Sophie.

Il n'y a pas d'année décisive, ni de saison, ni de mois. Pas même un jour. Succession, répétition d'instants privilégiés, laps de temps si fragiles qu'on ne peut ni les chasser jamais ni les retenir.

Quand Nina s'en allait, même ces quelques instants, même ces quelques heures, je demeurais sagement chez nous dans notre faux trois pièces de la rue Clerc aux meubles de bois blanc. J'écoutais les chansons que nous aimions, un peu de blues. Je rangeais les affaires que Nina avait laissées traîner en préparant sa valise et puis quand elles étaient bien en ordre, je les dérangeais à nouveau pour mieux la retrouver. J'écrivais sur des feuilles volantes les expressions de Nina qui me revenaient : « Ne me soulève pas comme ça, Louis, tu vas savoir combien je pèse. » Me revenaient nos soirées-télé, les films si mal doublés que nous regardions ensemble. À cause de ma mère, je connaissais tous les acteurs, leur âge, leur carrière, à quel moment ils s'étaient fait refaire le nez, le visage, tirer la peau. Je savais qui prêtait sa voix à Jane Russell ou à James Cagney. Dans les séries françaises, j'étais capable de mettre un nom sur n'importe quel second rôle ou coureur de cachets.

Ce week-end de l'Ascension sans Nina me parut interminable. J'avais attendu qu'il soit très tard, le premier soir, pour passer mes coups de fil. J'appelai mon ami Étienne que je réveillai bien sûr mais qui ne m'en voulut pas :

— Prends un somnifère, Louis.

— Je viens te chercher, je suis prêt. On ira boire des verres.

— Pourquoi tu ne m'as pas fait signe plus tôt ? On aurait dîné tranquillement avec mes surgelés. Il est tard, Louis, maintenant.

— Demain tu ne travailles pas, toi. Allez, j'arrive !

Si Étienne ne disait rien, j'avais gagné.

Je commandai un taxi et emmenai Étienne n'importe où. Sur les marches d'un dancing. Étienne évoqua ses amours impossibles avec un mannequin, il était photographe, moi mes insomnies. Quand on a appris à dormir avec quelqu'un il est difficile de l'oublier.

Après le dancing, je réussis à lui faire avaler une soupe à l'oignon à l'Ély-Club des Champs-Élysées qui ne ferme jamais.

Je m'étais mieux organisé le lendemain soir. Une partie de poker m'attendait. Quelque part. Le lieu importait peu. Chez Patrick vers Stalingrad ou chez Pierre dans le quartier des Ternes. Nous jouions jusqu'à six ou sept heures du matin.

Je n'étais pas un vrai joueur, j'équilibrais sur l'année. J'aimais ces longues parties de nuit car la nuit s'écoulait. Au moment de rentrer, je n'avais plus besoin d'avoir sommeil. Au même instant, des gens faisaient griller du pain. Si je ne me couchais pas du tout, je prenais une douche, me changeais, choisissant longuement le costume que j'allais mettre pour aller déjeuner chez ma mère.

Nina à Londres, je n'avais pu lui refuser ça.

Yette et ma mère s'étaient visiblement disputées, ce samedi. Yette s'était réfugiée dans sa chambre. Assise sur son petit fauteuil rouge, elle fixait des yeux le mur blanc, gardant indéfiniment la même expression de tristesse. Elle resterait comme ça des heures, à nous faire peur.

Ma mère n'était toujours pas habillée. Son vieux peignoir déteint lui donnait quelques années de plus.

— Tu as grossi, Louis, ou je me trompe ? Tourne-toi un peu !

— Qu'est-ce qu'on fait pour Yette ? demandai-je.

— Porte-lui son poulet et son riz, tu verras bien.

Depuis la mort de son mari, Yette mangeait tous les jours la même chose, du poulet avec du riz. Midi et soir.

Je frappai bientôt à sa porte, le plateau dans les mains et, n'obtenant aucune réponse, j'entrai :

— Ah ! c'est toi, mon Louis...

Elle s'apprêtait à se lever pour m'embrasser mais, remarquant une bouteille d'eau d'Évian aux trois quarts vide entre verre et assiette :

— C'est ça, toi aussi, tu souhaites que je tombe malade et qu'on m'emporte !

Elle prit la bouteille et renversa son contenu par terre :

— Dis à ta mère de venir nettoyer maintenant.

Yette était convaincue qu'il ne fallait jamais boire la fin des bouteilles d'eau minérale, que c'était mauvais pour la santé.

Je quittai ma mère vers trois heures après avoir promené le chien. Pour m'éviter de remonter les cinq étages, elle se penchait et appelait Philémon par la cage d'escalier :

— Philo', viens ici, tout de suite !

Le chien partait comme une fusée, de peur d'être grondé, j'imagine.

Je fis le tour du parc Montsouris. C'était le jardin de mon enfance. Je venais y essayer mes billes volées, y sécher mes cours à la buvette quand je ne préférais pas le cinéma de la rue de Tolbiac et ses films toujours interdits aux moins de seize ans.

Je ne traînai pas, nous étions convenus avec

Nina de nous téléphoner en fin d'après-midi, je gagnai la maison pour ne pas la manquer.

Je n'aimais pas parler à Nina au téléphone, surtout quand nous étions si éloignés, je ne savais pas la robe qu'elle portait, la chaise ou le fauteuil sur lequel elle aurait pu s'asseoir.

— Les magasins de Londres sont incomparables avec tes *Magasins* !

— Ils ne sont pas fermés, aujourd'hui ?

On se disait n'importe quoi dans ces coups de téléphone.

— Oui, mais hier matin. Je t'ai acheté des disques.

— Tu rentres quand ?

— Prends pas cette voix, Louis. Demain soir, comme promis.

Michel et Sophie allaient bien, ils avaient fait les musées, les pubs, Piccadilly.

— Tu ne joues pas trop, au moins ?

— Mais non.

— Perds pas tout l'argent, Louis.

Il fallut raccrocher pour que cela ne nous coûte pas trop cher.

— Je t'aime, Nina.

— Moi aussi, Louis. Amuse-toi un peu. T'as qu'à en profiter, pour une fois.

Je remis le téléphone à sa place sur le bureau — Nina prétend que je suis maniaque —, retournai à mes parties de cartes. Je rendis à Patrick ou à un autre ce que ma chance de la veille m'avait rapporté. Mais quelle importance ? Dimanche commençait, Nina ne tarderait pas maintenant. On ne parlerait plus de fêtes et de week-end avant la Pentecôte. Demain, j'allais travailler.

Mlle Pré, notre comptable, prenait le même autobus que moi. Elle s'arrangeait pour que je ne la voie pas. On ne m'aimait pas beaucoup aux *Magasins* et puis, Pré racontait à ses collègues qu'elle faisait le trajet à pied, pour garder la ligne, pluie ou pas.

Je ne manquais jamais de la rattraper au moment de la descente à Opéra.

— On a le temps... Je vous offre un café ?

Pré refusait, prétextant, comme la plupart des gens qui ont envie de vous semer, que le café l'empêchait de dormir.

Nous entrions par la même porte, rue Danièle-Casanova, jetant un œil aux clients qui s'impatientaient devant les grilles de l'entrée principale avant l'ouverture.

— Bonne journée, mademoiselle !

Elle me répondait bien sûr, certainement la même chose, mais sans prendre la peine de me parler, juste en remuant la tête. Pré économisait sur tout.

Nina était revenue de Londres avec des cadeaux et un rhume :

— J'ai dû prendre ça dans l'avion, le changement d'atmosphère, Sophie dit que les gens prédisposés aux rhumes de cerveau devraient voyager en train.

Paris se remettait d'un hiver trop long, c'était la grève des bus, des métros et j'avais froid. Pas très couvert, je marchais maintenant rue de Rivoli. Pas assez de souffle ou trop mal aux jambes pour courir. Une femme arrêtée à un feu rouge m'avait déposé à la Concorde :

— C'est tout ce que je peux faire pour vous, mon petit monsieur, attention à la fermeture !

Et elle avait claqué la portière de son auto, une française, pas très puissante. La femme et la voiture se ressemblaient. Je ne pouvais même pas fourrer mes deux mains dans mon imper. Je transportais un vieux cartable, toujours trop lourd. J'avais un cartable comme les dames ont un sac. Pour y ranger les journaux de la veille à peine lus, des photographies de Nina, d'anciens carnets de chèques, un paquet de cartes. Parce que cela me rassurait. Je pensais que si je restais bloqué dans un ascenseur avec mon cartable, le temps s'écoulerait plus vite.

J'arrivai enfin aux *Magasins*. En avance, puisque la grève avait paralysé la circulation. C'est faux, j'arrivais toujours en avance. Le plaisir de surprendre l'air idiot et gêné des retardataires, leurs motifs : « Un homme s'est flanqué sous le métro », « Mon petit garçon a la rougeole », leurs pannes d'essence et d'imagination.

Cette fois, pourtant, je n'étais pas le premier. Dans mon bureau, quelqu'un semblait m'attendre. Il avait éparpillé sur ma table mes revues de philatélie, ma radio, la liste de mes amis, des tickets de tiercé, tout ce qui, d'habitude, dormait dans mes tiroirs.

Il leva très légèrement les yeux quand il me vit entrer :

— Qu'est-ce que c'est que ça ? m'interrogea-t-il.

Ce n'était ni Doutre ni Tourmen, le maquettiste qui passait parfois de si bonne heure retirer nos rares projets.

— Qui vous a permis d'entrer ?

— Je vous ai posé une question, monsieur Coline. C'est quoi, ce matériel ?

Il s'était installé sur un des fauteuils de cuir réservés à nos visiteurs, il ne montrait aucune animosité à mon égard, ne donnant pas l'impression de m'en vouloir pour ces objets. Il souriait entre chacune des phrases qu'il prononçait, distinctement certes, mais à voix basse, comme s'il craignait d'être écouté par une tierce personne.

— Tout est à moi, oui, répondis-je un peu naïvement, évitant son regard.

— Ce n'est pas mon genre de fouiller dans les affaires des gens, vous savez, continua-t-il, en se frottant nerveusement les yeux, mais il est la demie, je commençais à m'ennuyer. Mon nom est Malair, pardon, Bertrand Malair.

Il ne paraissait pas son âge. Cinquante et un ans, je crois, d'après *Le Figaro* où sa nomination avait été annoncée. Il portait une vieille veste de tweed, des pantalons de flanelle grise plus chiffonnés que froissés. Sans doute avait-il dormi avec ou pas dormi du tout ?

— Bonjour, monsieur.

Je compris mais beaucoup plus tard que c'était son seul costume ou du moins qu'il se choisissait une tenue pour l'année et n'en changeait plus.

— Vous faites quoi exactement ?

— Je suis l'assistant de Gérard Doutre à la publicité.

Malair quitta son fauteuil pour me serrer la main. Je vis qu'il me dépassait d'une bonne tête, qu'il perdait ses cheveux. Noirs comme ses yeux si fatigués. Son visage me parut assez beau. « Intéressant, aurait dit Nina, un peu mou mais intéressant. »

Aucun détail ne lui échappait. Son regard se posait sur chaque élément du décor, la marque des machines à écrire, la couleur de la moquette, le nombre impressionnant d'appareils téléphoniques pour un si petit bureau. Nous n'étions finalement que trois à le partager.

— Nous nous reverrons aujourd'hui même, conclut-il hâtivement. Foss doit venir dans l'après-midi, je serai présenté à tous les services. Ce sont des coutumes que l'on respecte, monsieur Coline. Si vous le voulez bien, on ne dira pas que l'on se connaît.

Je ne le connaissais pas.

Bertrand Malair reprit son manteau, un loden vert dont la doublure déchirée pendait du côté droit.

— C'est mal chauffé, non ? remarqua-t-il.

Et sans réponse de ma part, il disparut.

L'après-midi, en effet, Foss, la démarche mal assurée, la moitié de lui-même, promena Bertrand Malair dans tout le magasin. Le vieil homme passait la main, il n'allait pas nous diriger avec son cancer.

Doutre et moi attendions notre tour comme les autres. Christine, la secrétaire qui tapait notre courrier, prenait nos téléphones — un petit bout de femme maigrelette qui avait dû rater ses études —, avait profité du déjeuner pour s'acheter un chemisier neuf. Elle s'était changée dans les toilettes, comme une voleuse.

— C'est joli ce que vous portez, Christine.

Je savais la faire rougir. J'aime bien mettre les gens dans l'embarras.

Finalement Foss et Malair se retrouvèrent dans notre bureau. C'est Foss qui parlait en suçant ses bonbons, nous présentant les uns et les autres au nouveau directeur.

— Gérard Doutre, notre chef de publicité.

Malair tendait la main, souriait modérément.

Je croisai alors le regard complice du vieux Foss abîmé, peu fier, visiblement gêné d'apparaître dans un tel état.

— L'assistant de Doutre, Louis Coline, susurra-t-il du bout des lèvres, me désignant du doigt, évitant de me toucher comme s'il craignait de me transmettre sa maladie.

La main de Bertrand Malair me sembla plus moite que ce matin. Elle sentait déjà les *Magasins*, les mains de ses employés. Le personnage si obscur, presque légendaire, qui avait nourri les conversations et parfois la vie de deux ou trois cents personnes, s'était donc dévoilé. La pièce maîtresse d'un jeu d'échecs. On le disait imprenable, difficile à séduire. Vu de près, Bertrand Malair entrait aux *Magasins* par routine, pour ajouter quelques lignes à sa biographie ; parce que après le collège Saint-Amboise, la presse, la haute finance, un bref passage à la direction d'une chaîne de supermarchés de moyenne surface, cela ne manquait ni de charme ni d'une certaine cocasserie.

On pouvait se demander pourquoi Bertrand Malair avait accepté de n'être que ce qu'il était. On rêvait pour lui d'un présent plus riche encore. Moins miteux que le grisâtre de l'avenue de l'Opéra, ce faux empire, ce faux pouvoir. C'était mal le connaître. Ignorer avec quel malin plaisir il s'accommoderait de ce travail, nous dirigerait, méprisant mais courtois. Après avoir établi chez lui une liste exhaustive de ses salariés, il apprendrait à nous faire peur, laissant toujours une porte mal fermée derrière lui, riant de nos soupçons. Son rire. Mélange d'ironie et d'indifférence. Juste pour nous rappeler qu'il était le plus fort.

Ces racontars n'avaient réussi qu'à augmenter notre fascination. « Il n'y a pas de fumée sans feu », jurait-on. On n'avait pas tout inventé, bien sûr, mais je n'aurais pas su, si tôt, tel le mourant de Marigny, poser mes propres mains sur son passé, ces histoires et trancher.

— Messieurs, au revoir !

Ils partaient maintenant. Serrer d'autres mains, découvrir ou identifier, dans le cas de Foss, d'autres visages. Ils se suivaient : deux fantômes dont on aurait prolongé les jours sur terre pour s'amuser, voir ce qui allait advenir.

— Il a l'air pas mal, me confia Doutre.

Je répondis machinalement que oui, bien sûr, la première impression est toujours la bonne, Malair serait un bon patron.

Bertrand, un bon patron ! Je souris aujourd'hui en revoyant la scène, notre première entrevue, si officielle, quand je n'appelais pas encore Bertrand « Bertrand », mais « Malair » devant les autres, et « monsieur » devant lui. Je gardais les yeux baissés de l'employé timide, mal dans son salaire et dans ses points de retraite, ressemblant trait pour trait à ces travailleurs muets qui attendent qu'un ordre vienne d'en haut, qui changera leur vie, leurs amis, leur voiture peut-être.

En vérité, je mis longtemps à établir une différence, entre Foss et Malair, entre deux directions. Si je compris très vite qu'il ne me suffirait pas de colporter ou déformer des bruits de couloir pour gagner son estime, j'étais loin d'imaginer ce à quoi Bertrand serait sensible. Qu'allais-je pouvoir inventer pour rester dans ma planque, mon tiroir ?

L'avenir jouerait seul et pour moi. On me distribuerait un jeu dangereux mais payant : cartes neuves, comme le souhaitent les perdants pendant une partie de poker pour faire tourner la chance.

Je ne renonçai à aucune de mes habitudes. Avec Nina, nous menions la vie qui nous plaisait, souvent au restaurant, le soir. Je n'aimais pas recevoir trop d'amis en même temps à la maison, d'abord parce que cela devenait difficile de se parler et puis, à cause du désordre, des miettes de pain qui tombent immanquablement, des taches de vin ou d'huile. J'ai des amis distraits. Et fumeurs, il leur faut un cendrier à chacun et encore, j'en ai surpris certains qui écrasaient leurs mégots dans leur assiette après le fromage.

Souvent au cinéma. C'est le métier que j'aurais sans doute choisi s'il n'y avait pas eu ma mère, ses chagrins. Elle ne m'aurait pas pardonné de réussir dans le spectacle. Et puis, pourquoi aurais-je forcément réussi ? Moi plutôt qu'elle ? Ma mère était bourrée de talent : « Ça ne me sert à rien, disait-elle quand elle n'était pas retenue pour un rôle important. C'est ça qui me manque ! » Et elle soulevait ses seins.

Le vendredi, on avait régulièrement, moi mon poker et Nina quartier libre. Elle allait danser avec Sophie. Étienne, parfois, les accompagnait. Il me racontait le lendemain, si nous déjeunions ensemble, comment et où c'était. Avec qui. Jusqu'à quelle heure.

Nina n'échappait jamais à la surveillance d'Étienne ou de Sophie. La tournée des discothèques terminée, ils s'amusaient tous les trois de mon incorrigible jalousie. Étienne imitait mes interrogatoires et Nina, en nage, vraiment épuisée après ces tours de piste, s'endormait dans le taxi. Si belle. Elle revoyait alors dans son demi-sommeil l'étudiant distingué des grandes écoles qui l'avait collée toute la soirée, l'homme un peu mûr qui lui avait demandé, obligé de crier à cause du volume de la musique : « Je vous raccompagne ? » Nina disait non à ces gens-là.

Leur installation à Fontainebleau nous avait fatalement éloignés de Robert et Mathilde. Nous y passions un week-end par mois sans en avertir ma mère qui l'aurait mal pris.

Nina s'ennuyait de ses parents. Elle avait appris à se réfugier chez eux quand elle me comprenait mal, si elle avait perdu ses clefs, si des contraventions jamais payées arrivaient chez nous en recommandé. Robert et Mathilde ne vieillissaient pas. Ils avaient su la régression de Foss, la nomination de Bertrand.

— Alors, il est comment ce Malair ? me demanda Robert.

Je m'aperçus que j'avais peu parlé de Bertrand autour de moi. Pas un mot ou presque à Nina, rien à Étienne, mon ami de toujours.

Je n'en pensais rien encore. Il est des êtres sur lesquels il semble impossible de se prononcer immédiatement. Une intuition vous met en garde : cette fois, il serait dangereux de se tromper.

— Il a l'air pas mal, dis-je en reprenant la formule de Doutre. Nous nous sommes peu vus.

— C'est normal, trancha Robert, avec une assurance qui m'étonna, il faut lui laisser le temps de prendre le gouvernail. De connaître chacun. Après, il fera son tri.

Cette image me fit peur tant elle parut juste et vraisemblable. Bertrand Malair était tout à fait capable de trier les gens, comme en classe ses vieux papiers, son courrier : « je garde » ou « poubelle ». Et ainsi de suite, les uns après les autres.

Je me sentis pâlir. On changea heureusement de conversation, Mathilde nous servait du poisson ; la nourriture ou du moins les conversations y ayant trait m'ont sauvé plus d'une fois du malaise :

— Les commerçants de Fontainebleau sont

aussi bien qu'à Paris, glissa Mathilde, et tellement moins chers ! Cette lotte, par exemple, dites un prix pour voir !

Dans la voiture, Nina se moqua de moi :

— On ne met pas à la porte des gens comme ça, Louis. Sans une faute grave. Vous avez un comité d'entreprise aux *Magasins*, tu serais défendu si tu avais des ennuis. Et puis, tu penses bien qu'il n'est pas fou, ce Malair. Dès qu'il arrive, il ne va pas s'amuser à licencier des employés. Ça n'existe pas. Il se ferait mal voir, et en plus, ça lui coûterait très cher !

J'expliquai à Nina que ma situation était particulièrement fragile, qu'au fond, je n'avais pas été engagé depuis plus de deux ans, que ce service n'avait jamais marché et que, dans mon cas, un licenciement équivaudrait à une suppression de poste. Le chômage économique suivrait.

— Tu veux que je te dise quelque chose, Nina, je ne fais rien aux *Magasins*. Rien. Du temps de Foss, j'espionnais mes collègues pour l'exciter. Depuis son cancer, je vais aux *Magasins* par habitude, parce qu'il faut bien aller quelque part le matin, à cause de tes parents ou de la concierge. Parce que je touche un salaire à la fin du mois. Personne ne me demande quoi que ce soit, je ne suis même pas surveillé. Si Doutre n'est pas dans le bureau, je peux écouter la radio ou dormir. Je ne reçois aucun ordre. Si Doutre a trop fumé et que ça sent mauvais, je vais dans le magasin, je me balade dans les rayons. Quand je remonte, il ne s'est rien produit de spécial. Ma mère aura téléphoné parce que Yette refuse de se laver ou que le chien a failli se faire écraser par un side-car. Tu as vu des placards de publicité sur les *Magasins*, toi, dans les journaux ? Des affiches dans les rues ? Depuis six mois, on roupille. Alors, tu comprends, l'assistant du chef d'un service qui existe par erreur, on le garderait pourquoi ? Parce que je suis un meuble. C'est ça ?

— Et Doutre ? Et ta secrétaire ?

— Doutre a dix ans de boîte. Lui pourrait monnayer son départ. Il vaut de l'argent. Christine passera dans un autre service. Elle tapera des chiffres au lieu de taper des mots.

— Et depuis six mois, comme tu dis, qu'est-ce qu'ils ont fabriqué eux, Doutre et Christine ? Rien ?

— Absolument rien. En dix ans de *Magasins*, tu sais, Doutre a appris à faire semblant. Il peut toujours s'amuser à envoyer des lettres. Doutre dicte, Christine prend en sténo. Il existe des fichiers pour ça. Ou sinon, ils piquent des gens au hasard dans le Bottin. Je me demande si, à la fin, Doutre ne s'envoyait pas des lettres à lui-même. À sa famille.

— Tu dis n'importe quoi, Louis. Tu deviens fou. Reprends tes timbres si c'est ça que tu veux, je promènerai plus d'enfants, on s'arrangera...

— Non, tu sais bien que non. Je vais voir maintenant.

Quand Nina avait tout écouté, que mes problèmes nous étaient enfin communs, je revenais à plus de calme.

— C'est moi qui m'arrangerai, continuai-je. Avec Malair, tout est possible. Il paraît qu'il a fait engager deux types à ses côtés. Ils doivent l'assister. Peut-être pas forcément pour prendre nos places.

Je souriais.

— Deux types qui quoi ? Qui travaillaient avec lui avant ?

— Exactement et il les a imposés. Il en aurait même fait une condition à son entrée.

— On prévoit des charrettes mais on case deux personnes comme ça, en fermant les yeux ?

— Faut croire que Malair est très fort, Nina.

— Et après trois semaines, vous ne les avez toujours pas vus ?

— Non, c'est prévu pour juin.

Bertrand ne venait jamais nous voir. Une fois, peut-être était-il monté dans le bureau

— Vous n'avez pas une blonde ?

Doutre avait sorti un paquet de Kent de sa poche.

— Ça tombe bien, fit Bertrand, ce sont les miennes.

Doutre avait marqué un point. Je pensai, un moment, me mettre aux blondes moi aussi, mais les cigarettes anglaises ou américaines m'irritaient la gorge.

Le matin, Bertrand arrivait avant nous, avant tout le monde. Il laissait sa voiture au parking des *Magasins*, une 504 automatique gris métallisé, son seul signe extérieur de richesse. Je me demandais à combien s'élevait son salaire avec les avantages en nature, l'intéressement aux bénéfices. Que faisait-il de tout cet argent ? Au début, je croyais, comme les autres, que Bertrand vivait en vieux garçon, célibataire endurci, qu'il partait de chez lui de très bonne heure, s'asseyait au volant de sa Peugeot et se dirigeait tranquillement vers les *Magasins* en entamant son premier paquet de Kent. Bien sûr, c'était beaucoup plus compliqué. J'appris, mais plus tard, qu'il se faisait souvent conduire à son travail. Il aimait que son entourage le débarrasse de certaines corvées : la conduite de son automobile, par exemple, mais il lui fallait quelqu'un aussi pour ne pas oublier de prendre un parapluie si le ciel s'était couvert, un pull-over s'il faisait froid. De l'argent liquide, enfin des pièces de un franc, pour les parcmètres, s'il avait l'intention de se déplacer dans Paris, au cours de la journée. Bertrand avait besoin de domestiques. Il ne s'agissait pas évidemment d'enlever la poussière sur ses meubles ou de passer l'aspirateur chez lui.

Lingre et Belais l'avaient précisément suivi pour ça. Paul Belais, le bloc-notes, François Lingre, la bonne. C'est pourquoi Bertrand y tenait tant.

Lingre et Belais entrèrent aux *Magasins* le premier lundi du mois de juin. Cela parut normal. « Malair est un homme fidèle, disait-on, il impose son équipe. »

Belais serait chargé d'assister personnellement Bertrand dans ses fonctions. Lingre, lui, n'occupait pas de poste défini. J'aurais été curieux de lire ce qu'on avait inscrit sur son bulletin de salaire. Quel titre avait-on pu lui donner ?

Impayables bonshommes. Belais avec son mètre soixante, sa coiffure en brosse, portait une cravate différente chaque jour. Ses amis, sans doute, avaient manqué d'imagination en période de cadeaux. Il avait une tête de premier de la classe qui met ses mains devant son travail pour qu'on ne copie pas. Je le détestai très vite, peut-être parce qu'il était à peine plus âgé que moi et que je me sentais plus proche de Lingre : on ne pouvait les aimer tous les deux. Belais était marié mais ne montrait jamais sa femme. Je sus un jour que cela avait provoqué un vrai drame. Il s'était marié en douce, avait pris trois semaines de repos en cachette de Bertrand. À son retour, cela n'avait pas été commode. Bertrand, pourtant, l'avait gardé, malgré sa déception. C'est cela, notamment, que je ne pardonnais pas à Paul. De n'être pas puni pour de tels écarts.

François Lingre me plaisait davantage. La quarantaine passée, moins net encore que Bertrand, quant à la tenue et l'odeur, je le soupçonnais de se laver les cheveux les jours de fête. La grimace facile, petite fouine assez inoffensive, Lingre m'attira par sa médiocrité. Éternel redoublant, destiné aux sales besognes. N'ayant rien à faire aux *Magasins*, lui comme moi, nous eûmes le temps de faire connaissance.

Je rencontrai Lingre au bistrot d'en face. J'allais y boire un café quand Doutre recevait quelqu'un. Quand il y avait trop de monde dans les rayons, qu'il m'était difficile de circuler, de faire la conversation aux vendeuses. Elles me croyaient important, les vendeuses, n'hésitaient jamais à me raconter leur vie, combien elles gagnaient ; il m'arrivait de chercher avec elles le prénom de leur prochain enfant.

Les employés des bureaux devaient les fasciner un peu. Nous n'avions, nous, ni tenue ni uniforme. Si une cravate était de rigueur, nous gardions le choix des vêtements. Nous ne connaissions ni les blouses réservées au petit personnel ni le blazer bleu marine des inspecteurs et des chefs de rayon. On ne nous collait pas de badge en plastique à la boutonnière. Jolies vendeuses qui rangeaient tant bien que mal leurs articles quand elles me voyaient arriver de peur que je me fâche.

« Serré ! » avais-je demandé au garçon et je sentis bientôt quelqu'un s'approcher de moi. Je fus gêné tout à coup, gêné d'être surpris devant ce comptoir, comme quand je marche dans la rue et que quelqu'un marche derrière moi ; je m'arrête alors pour le laisser passer.

— Vous êtes comme moi, fit François Lingre, celui de la machine des *Magasins* vous dégoûte !

Je savais qui il était, bien sûr ; je les avais vus partir déjeuner, Malair, Belais et lui dans leurs lodens, trois petits gangsters mijotant un coup minable, perdu d'avance.

— Celui-là n'est pas terrible non plus, dis-je, mais ça fait du bien de sortir un peu.

— Vous êtes à la publicité depuis longtemps ? (Lingre était bien renseigné lui aussi.) Vous vous appelez Coline, je ne me trompe pas.

Comment aurait-il pu se tromper ? Tout avait été déjà enregistré, étudié, consigné peut-être. Je raccourcis poliment mes deux années de *Magasins*, aucune envie de m'étendre sur la question. J'imaginais tout à fait que nous nous en tiendrions là : « bonjour, bonsoir, comment ça va ? ». La plupart des gens qui demandent ainsi de vos nouvelles n'écoutent pas la réponse.

Il est drôle de penser aujourd'hui que François devint mon ami en trois jours, moi qui en avais si peu. Yette, ma grand-mère, m'avait appris à me méfier de tout le monde : « Tu ne feras que des jaloux et des envieux ! »

Mais François représentait un bout, un petit bout de la vie de Bertrand Malair : il me fallait me mettre bien avec ce bout-là, cette portion, si ridicule fût-elle. Aussi, dès notre première rencontre, je trouvai normal de me confier à lui. Je me découvris un peu : Nina, mes timbres, la profession de ma mère. J'attendais de sa part un portrait de Bertrand qui ne fut jamais tracé. François se contentait d'évoquer le patron, faisant toujours l'impasse sur le passé de son ami, lâchant parfois une date, un souvenir très vague. Mais pouvait-on parler d'amitié entre Bertrand et François ?

Je fus très, trop bavard peut-être, cela me réconfortait :

— Vous savez, j'ai l'impression que M. Malair ne m'aime pas beaucoup...

— Qu'est-ce qui vous fait croire ça, Louis ?

Il m'appelait Louis pour la première fois.

— On ne se voit jamais. Je comprends bien qu'il ne va pas passer son temps à rassurer ses employés, à les prendre en charge mais il pourrait se montrer.

— Se montrer ?

— Enfin, nous dire un peu ce qu'il attend de nous, ce qui est bien, moins bien...

— Ça viendra, promit Lingre, nous n'en sommes qu'au commencement.

Il avait insisté pour payer les cafés, m'avait raccompagné jusqu'à mon bureau. Lui ne possédait pas de bureau. S'il n'était pas fourré dans celui d'Odile, la secrétaire de Bertrand qui, je crois, lui plaisait, il furetait, allait et venait comme moi. Obligé de dire à certains qui ne le connaissaient pas : « Je suis François Lingre, je travaille ici. » Afin qu'on le laisse tranquille.

Nous avions décidé de manger ensemble un de ces jours :

— Je vous ferai signe !

Et François me quitta. Je retrouvai ma table. Doutre avait dû s'absenter, Christine était souffrante. Je passais parfois des heures à regarder cette table qui ne me servait que d'accoudoir.

Le téléphone ne me dérangea que très tard. Ma mère insistait pour me voir seul avant le dîner.

— Je serai là de bonne heure, lui dis-je. Étienne vient à la maison, ce soir. Je dois aider Nina.

Philémon aboya plusieurs fois. Le doigt sur la sonnette, je ne percevais d'autre bruit que celui du chien. Finalement, j'entendis la voix de Yette :

— Qui est là ?

Elle n'ouvrait jamais à personne en l'absence de ma mère et ma mère, visiblement, n'était pas encore rentrée.

— C'est moi, Yette.

J'avais beau crier, assez fort, suffisamment en tout cas pour déranger les deux locataires du même palier, Yette ne voulait pas se rendre compte que ce n'était que moi.

— Attrape, Philo' ! Attrape-le ! ordonnait-elle au chien afin de l'exciter.

Heureusement, elle eut l'idée de regarder à travers le judas et me reconnut :

— Ah ! c'est toi, mon Louis. Tu m'as flanqué une de ces peurs ! Entre. Tu sais bien que tu es toujours chez toi, ici.

Je l'embrassai, caressai Philo' qui me faisait fête.

— Maman voulait me voir, elle t'a dit pourquoi ?

— Viens, allons nous installer au salon, tu vas te détendre un peu. Tu accepteras bien quelque chose à boire ou à manger. Un fruit ? Je te pèle une orange ?

— Non, tu es gentille.

Je la suivis en silence mais une fois assis :

— Je ne comprends pas, Yette, maman n'est pas là ?

— Oh ! la pauvre. Elle avait tellement de peine, tu ne peux pas t'imaginer !

— Mais quoi ? Qu'est-ce qu'il y a encore ?

— Tu veux que je te fasse ton lit ? me demanda Yette, alors, d'un air convaincu. Rien n'a changé dans ta chambre. Viens voir.

Elle me fit faire la visite des lieux. Elle aimait se prouver qu'elle habitait un joli appartement. J'eus droit à ses commentaires, ses histoires, celle de son chien bouledogue Black qui avait pris le tramway tout seul, celle du fou à Nice qui se promenait en criant : « Cent millions ! cent millions ! J'ai cent millions à partager entre toutes les maisons ! » Elle me montra mon lit, ma table de nuit, mon armoire où étaient méticuleusement rangés mes vêtements de gosse, ma tenue de gymnastique pour le sport au lycée, mes cagoules et mes chaussettes d'hiver.

— Tu te souviens, Louis, quand tu allais changer les disques dans les magasins en prétendant que tu les avais en double ? Tu t'étais constitué une belle discothèque. Va savoir où ça a fini, aujourd'hui !

— Yette, je ne vais pas dormir ici, tu t'en doutes bien. Alors, dis-moi où est maman. Pourquoi je suis venu ?

— Qu'est-ce que j'en sais, moi, pardi ! Elle est partie après votre coup de fil, avec son grand sac. Elle pleurait, pauvre petite. Tu vois, Louis, les amis, les femmes, ça va bien, il faut en profiter mais ça ne remplace pas une famille. Sa mère et sa grand-mère.

— Mais elle pleurait pourquoi ? Réponds, Yette !

Je parvins à lui arracher un semblant d'explication

— Oui, ton père a écrit. Il lui a dit qu'il était bien content, que toi et ta femme vous passeriez les vacances d'été au Canada, chez lui. Je te félicite. Dans quel état elle s'est mise, ma fille, en apprenant la nouvelle ! Son rimmel qui coulait... Dis, Louis, mets-toi un peu à sa place.

— Mais c'est un projet en l'air, Yette, peut-être qu'on n'ira pas du tout.

— Si ta femme veut y aller, vous irez !

— Ça suffit, Yette ! J'ai vingt-sept ans, il me semble que j'ai le droit de faire ce qui me plaît, maintenant.

— Fais, fais, murmura ma grand-mère. Comme si on t'avait empêché de choisir ici, comme si on t'avait privé de quoi que ce soit !

Nous avions regagné les fauteuils du salon. Yette ne parlait plus, me faisait le coup de la morte que je connaissais si bien.

Voyant que ma mère ne rentrait pas, je me levai.

— Tu ne l'attends pas ? me demanda Yette en sursautant.

— Je dois me sauver, elle peut m'appeler à la maison. On ne bouge pas.

— Et si je ne la revois plus ? Qu'est-ce qu'on va devenir avec le chien ? Tu t'en fous de ça ?

— Elle reviendra, Yette. Dis-lui que je l'aime fort. Comme je t'aime.

Yette se jeta dans mes bras, me couvrant de baisers et puis, comme si elle n'avait pas compris que je partais :

— Tu ne restes pas dîner avec moi ? fit-elle avec la voix étonnée d'une petite fille idiote qu'elle savait si bien imiter.

— Non, Yette.

— Et cette pauvre bête, ajouta-t-elle en désignant Philo', il doit avoir envie...

— Plus tard, non ?

— Qui va me faire cuire mon poulet et mon riz, Louis ?

Je ne l'écoutais plus.

J'arrêtai un taxi au feu rouge de la rue de Tolbiac, lui donnai mon adresse.

Étienne était déjà arrivé. Avec Nina, dans la cuisine, ils préparaient le ragoût, riaient ensemble. Étienne plaisantait de ses ratages et déboires sentimentaux. Nina le conseillait, lui disait comment s'y prendre mais justement Étienne s'y prenait toujours très mal et rentrait bredouille ou inconsolable. Amoureux d'une étoile, un modèle qu'il avait photographié. Mal.

— Je mets la table, si tu veux, proposai-je à Nina.

Je connaissais Étienne depuis longtemps.

À seize ans nous aimions la même fille. J'avais eu de la chance, gagnant la fille, une demi-folle qui se peignait les ongles des mains, chacun d'une couleur différente, et Étienne qui ne m'en voulut jamais. J'avais plu à cette fille en lui faisant croire que je possédais dans mon album un timbre qui valait un milliard et à Étienne en lui révélant, le même soir, que ce n'était pas vrai, que je disais ça pour séduire la fille.

Étienne était devenu notre grand frère à Nina et moi, quelqu'un d'indispensable.

Il regrettait parfois de n'être pas fixé. Toujours déçu. En colère contre lui-même. Étienne habitait un grand atelier place des Victoires. Il avait ses propres manies : la particularité de dîner à la cuisine, avant sept heures comme les poules, en écoutant les informations. Il avait avancé l'heure de son repas quand le journal parlé avait changé d'horaire. Il aurait pu se payer une femme de ménage mais il aimait laver et repasser son linge tout seul. « Avoir une mégère dans les pattes, merci ! Je préfère que cet argent passe en pellicule. »

Il n'était pas un photographe très connu, il travaillait avec certains journaux d'un même groupe de presse. Il faisait parfois des photos de nus. Nous le taquinions avec ça. Il nous expliquait alors qu'il n'y était pour rien, que les poses étaient choisies par le directeur de la revue : « Ça me dégoûte comme toi, Louis. Si c'était pas pour bouffer... »

Ma mère ne me téléphona pas avant la fin du film qu'elle devait regarder comme nous, elle en disant des méchancetés sur les acteurs, nous en mangeant nos gâteaux. Elle attendit les dernières nouvelles, le moment où Étienne partait.

Elle avait la voix des jours graves, de la fièvre. On lui avait proposé un rôle de bonne dans la journée :

— On ne me propose que ça, gémissait-elle.

— Pour Henri, lui dis-je — Henri est le prénom de mon père —, ne t'inquiète pas, il a dû mal interpréter ma lettre. On n'ira pas.

— Tu lui écris souvent ?

— Je t'embrasse, cria Nina dans le combiné. Elle passait devant moi, mais on ne lui répondit pas.

Je raccrochai bientôt. Ma mère se reposerait. Demain, ça irait mieux.

Nina se démaquillait sagement dans la salle de bains.

— Ça ne va pas ?

— Rien, rien.

Et Nina m'embrassa. On n'avait plus besoin de se parler vraiment, on s'aimait dans nos silences, notre univers microscopique, nos repères. Dans nos draps toujours trop petits ou trop courts qui nous faisaient nous battre, la nuit, parce qu'il y en avait un des deux qui avait plus de drap que l'autre.

Sans Nina, je n'étais rien.

François ne tarda pas à me faire signe. Nous avions choisi de déjeuner au bistrot où nous nous étions connus. Ce serait rapide et plus sympathique. « Si on ne met pas cent francs dans un repas, on est toujours déçu. Alors, autant aller en face », avait dit François.

Je lui avais proposé de le guetter dans le bureau d'Odile mais cela parut l'ennuyer : « Elle n'a pas besoin d'être au courant de nos affaires, elle l'apprendra assez tôt. »

J'attendais François depuis quelques minutes quand je le vis entrer dans le café, les cheveux si brillants : on les aurait crus collés les uns aux autres tant ils se tenaient tranquilles sur sa tête.

— Quelles sont les news ? dit-il en me tapant sur l'épaule, comme s'il était particulièrement ravi de me retrouver.

— Rien de spécial. Le plat du jour a l'air bien.

— Alors deux ! commanda-t-il directement à Lucienne, la patronne qui m'aimait bien parce que je l'avais comparée à Simone Signoret dans *Casque d'or* et que je ne lui laissais jamais d'ardoise. C'est moi qui vous invite, me prévint François.

— Il n'y a aucune raison, on va partager.

— Vous, ce sera la prochaine fois, Louis.

Comme ça, on est sûrs de se revoir, de redéjeuner ensemble bientôt. Ah ! j'ai une surprise pour vous : Bertrand m'a annoncé qu'il passerait pour le café.

Peut-être François avait-il eu tort de me dire ça ?

J'aurais préféré reconnaître Malair tout seul derrière la vitre au moment où il arriverait.

— Alors, vous êtes content, François, vos débuts dans la boîte ?

Je m'aperçus qu'il m'était difficile de lui parler à présent, surtout des *Magasins*. Averti de la visite de Bertrand, invité à déjeuner, j'aurais voulu que Lingre se charge aussi de la conversation, qu'il s'occupe de tout.

— Non, pas de vin pour moi.

François demanda qu'on lui apporte une demi-Badoit. Il indiqua son foie puis sa tête et fit avec sa main un geste curieux, nerveux sans doute, que je ne compris pas.

— Si Bertrand ne devait pas venir, j'aurais peut-être bu un coup, me confia-t-il. Mais aujourd'hui, je crois qu'il vaut mieux pas. Bertrand est assez énervé, ce matin.

— Des ennuis ? demandai-je sans même prendre la peine de mâcher mon morceau de viande.

— Paul, enfin Belais, poursuivit François, vous voyez, le type qui est souvent avec nous.

— Oui.

— Ma Rover est au garage, elle n'a jamais très bien marché. Eh bien, c'était au tour de Paul d'aller chercher Bertrand, ça lui évite, comme ça, de sortir la Peugeot. Il a oublié. Je vous assure que Bertrand était furieux contre lui. Vous savez ce qu'il lui a donné comme excuse ?

Je secouai la tête, je n'allais pas avaler mon repas tout rond sous prétexte de ne pas parler la bouche pleine.

— Que sa femme avait besoin de la voiture ! Vous êtes marié depuis longtemps, Louis ?

— Ça va faire deux ans et demi mais nous vivions déjà ensemble quand nous nous sommes mariés, Nina et moi.

— Évidemment, ça dépend sur qui on tombe. La femme de Paul, c'est quelque chose. Elle monte Paul contre nous. Quand il demande une augmentation, on est sûr que c'est elle qui lui a bourré le crâne. Il gagne pas mal, Paul. Eh bien, il le doit entièrement à Bertrand. Il peut lui en être reconnaissant, je vous jure.

— Il ne l'est pas ?

— Oh ! si, bien sûr.

Et François termina son bœuf mode, n'oubliant pas le pain pour saucer.

— Café ?

— Café.

Bientôt deux heures et Bertrand n'arrivait pas. François sortit les billets de sa poche, très machinalement. Il me donna l'impression d'avoir pas mal d'argent sur lui. Il laissa un bon pourboire. Il fallait partir.

— Vous avez bien le temps de reprendre un café avec nous ?

Nous ne les avions pas vus entrer : Paul avec Bertrand. Ils avaient donc déjeuné ensemble eux aussi, mais plus loin. Malair ne devait pas tellement lui en vouloir pour cette histoire de voiture.

Nous nous étions rassis à la même table, en

nous serrant un peu. Les quatre cafés étaient commandés. Devant Bertrand, Lingre et Belais se taisaient, attendaient qu'on leur pose une question. Mais c'est à moi que Bertrand s'adressa :

— Il paraît que je ne vous aime pas, monsieur Coline ?

Malgré la chaleur, il avait conservé son loden, il s'était sensiblement penché en avant pour me parler : nous nous tenions l'un en face de l'autre.

— Je n'ai pas dit ça, rectifiai-je. Je trouvais qu'on se voyait peu, c'est tout.

Mais Lingre me coupa la parole, commençant à me tutoyer :

— L'autre jour, tu pensais que Bertrand...

— On ne t'a pas sonné, crétin !

Bertrand interrompit François à son tour, lequel ne put se retenir de rire. Après sa première gorgée de café, mon patron se mit à me regarder très fixement. Moi seul.

— Je vous aime bien, Coline. Il ne faut pas avoir peur. Je comptais faire une petite réunion de publicité la semaine prochaine. Voulez-vous m'aider à la préparer ?

Je ne comprenais pas en quoi j'allais lui être utile.

— Bien sûr, dis-je, un peu contre mon gré, refuser me semblant impossible.

— C'est bien.

Satisfait de ma réponse, Bertrand se tourna vers François :

— Tu payes ?

Cela ressemblait à un ordre, Lingre s'exécuta.

Je sortis du café avec Belais qui n'avait toujours pas ouvert la bouche :

— Vous habitez tout près de chez François, me dit-il, vers l'École militaire...

— Rue Clerc, oui.

— C'est un joli quartier.

Belais marqua un temps et puis :

— Vous avez combien de pièces ?

— Trois, enfin deux, c'est un faux trois pièces.

— Ah ! ce n'est pas très grand. J'espère que vous ne payez pas trop cher...

— Soixante mètres carrés, quand même. Ça suffit pour deux.

Malair et Lingre marchaient devant nous à vive allure. Arrivés aux *Magasins*, Lingre nous quitta pour aller chercher, nous dit-il, les journaux du soir. Je me demandai s'il était obligé de fournir un motif à chacun de ses déplacements.

Belais avait rejoint Malair. Ils me saluèrent amicalement, simple geste de la main et Bertrand :

— N'oubliez pas la réunion !

Au fond, j'étais très heureux. L'impression d'être engagé une seconde fois, pour de meilleures raisons. Même si le travail sur cette réunion, les rapports avec Lingre et Malair demeuraient encore flous dans mon esprit. Bertrand m'avait parlé personnellement. Il mentait certainement un peu quand il disait m'aimer bien, on ne se connaissait pas, il n'avait aucune raison d'éprouver quelque sentiment à mon égard. Mais cette rencontre si brève me donnait un espoir. Il faudrait ne pas le décevoir, me plier, je le savais bien, à ses extravagances, rester un spectateur passif. Que n'avais-je pas entendu sur son compte avant son arrivée dans l'entreprise ! On racontait que la démission de Bertrand Malair de son poste de directeur de banque, son dernier emploi important avant les *Magasins*, avait été réclamée, exigée par ses chefs. Que cela expliquait ses six mois de purgatoire dans les supermarchés. On disait sans doute en exagérant qu'il avait poussé au suicide un de ses subordonnés. Un simple cadre avec lequel il ne s'entendait pas, victime de son ambition. Bertrand aurait décidé qu'il n'était pas capable d'accéder à des fonctions supérieures, qu'il devait se contenter de son sort : simple cadre, toute sa vie. Il le lui aurait appris violemment et cela devant témoins, petits employés moins élevés dans la hiérarchie que le cadre en question. Le type se serait tiré une balle dans la bouche. Manifestement, il avait dû refuser de jouer le jeu. Avec Bertrand, il convenait de subir certains affronts (je pense à Lingre), d'accepter de passer un ou plusieurs tours, d'attendre ces fameuses cartes neuves. Si elles ne venaient pas, tant pis. Cela signifiait que la chance n'avait pas voulu tourner.

Tout aurait pu s'arrêter là, bien sûr, je ne suis pas aveugle, mais alors, je ne serais pas devenu ce que je suis. Je ne me sentais pas aussi sûr de moi, à l'époque, aussi fier. Bertrand n'était pas mon ami. Que savait-il ? Les trois fois rien avoués à François au café. Ma collection de timbres abandonnée au moment où j'allais peut-être conclure l'affaire du siècle et de ma vie. À Marigny, il suffit parfois de tricher un peu : on échange un timbre sans dents contre un vrai trésor. À cause d'une loupe.

Connaissait-il mon véritable amour pour Nina, cette dépendance de cœur, mes nuits sans elle ? Et mon feuilleton avec ma mère, les trois ou quatre cents francs que je lui versais chaque mois ? Une misère.

Savait-il que je voyais mon père une fois l'an seulement et cinq ou six jours, à l'occasion de son voyage d'affaires en Europe ? Nous cherchions nos mots pour parler finalement du beau temps, d'un match de tennis, d'un film assez célèbre ou assez mauvais pour qu'il soit sorti avec succès à la fois au Canada et en France.

Connaissait-il mon peu d'amis ? Nos dîners fréquents avec Nina chez Michel et Sophie qui nous noyaient toujours avec des tas d'autres gens pour ne pas se retrouver tous les quatre, par crainte de n'avoir rien à se dire ? Les gens qui ne s'aiment pas vraiment fuient désespérément ces silences.

Non. Bertrand Malair ne savait pas grand-chose. Il m'avait pourtant choisi. Peut-être François lui avait-il tracé de moi un portrait trop flatteur ? Avaient-ils deviné tous les deux mon absence de rendement, mes tournées en rond dans les *Magasins*, mes siestes éveillées, les lettres écrites et jamais envoyées à Robert et Mathilde, mes appels aux Informations téléphonées pour apprendre le résultat des courses, du tiercé si je l'avais joué ?

Ils auraient pu prendre Doutre mais ils n'étaient pas fous. Doutre n'aurait pas marché, aurait compris autre chose. Une histoire de garçons. Pas très respectable pour un homme de son rang. Cela aurait juré avec sa vie, son épouse et ses meubles.

Ils auraient pu entraîner n'importe qui. Une femme si les femmes leur avaient fait moins peur. Mais notre comptable, Pré, ou la grosse Mme Rousseau, directrice commerciale des *Magasins*, ancienne maîtresse de Foss à ce qu'il paraît, toujours prête à montrer un bout de sa peau, de ses cuisses si on lui trouvait quatre kilos en moins, ces deux femmes-là, qu'ils voyaient le plus souvent, étaient loin de les rassurer. Tout cela n'était pas gagné d'avance. Il fallait jouer serré, prudent, cette fois. Malair, aussi, avait dû me désigner. Ils n'auraient pas besoin de tirer en l'air pour me contraindre à voler moins haut, à venir à leur hauteur, dans leur cercle. Je m'étais rendu tout seul sans même m'en rendre compte. Parce que Malair avait bu un café à notre table.

Le piège n'était pas encore tendu que j'y passais ma tête. C'est Yette qui disait : « Attention aux étrangers, Louis, n'accepte rien d'eux, surtout, te laisse pas embobiner ! » Mais Yette était folle et je n'avais aucune raison de me méfier. Comme ça, au début, uniquement parce que Bertrand Malair avait un passé vaseux, plein de trous, de crevasses. En deux ans de présence aux *Magasins*, on m'offrait du travail pour la première fois. J'attendais cette réunion comme une récompense.

Les parents de Nina n'avaient pas compris ma décision de remettre notre voyage au Canada, nos vacances. Je ne l'avais dit ni à Yette ni à ma mère mais, en vérité, tout cela avait été arrangé depuis longtemps, les billets réservés, mon père prévenu.

— Vous allez lui faire de la peine, mon petit Louis...

Robert et Mathilde passaient quelques jours à Paris. Ils étaient descendus à l'hôtel. Nous avions songé un instant à les loger chez nous :

— On se débrouillera, avait dit Nina. Nous, on dort sur les coussins dans le living et eux prennent la chambre.

Mais notre salle de bains était trop étroite :

— Tu nous imagines au réveil !

Mon père ne m'en voudrait pas trop et m'oublierait un mois de plus.

— Il n'a qu'à venir voir son fils plus souvent, décréta Nina.

Restait où passer nos vacances. J'avais droit à quatre semaines de congé comme la plupart des employés des *Magasins* mais j'avais menti à Nina, lui faisant croire que je disposais seulement de quinze jours. Nous avions prévu de partir en juillet, ce changement de plan se présentait bien au moment où Malair s'intéressait à moi.

Nous partirions en août.

Évidemment, les billets d'avion pour le Canada nous étaient payés par mon père. Nous devions maintenant aller moins loin, pour moins cher.

— Je ne vous propose pas de venir à Fontainebleau, lâcha Mathilde dans la conversation.

C'était idéal. Nina y demeurerait tout le mois et je l'y rejoindrais. Quinze jours, comme promis.

Nina fut certainement étonnée que j'accepte si vite :

— Avec joie, on jouera au gin. Et puis tu monteras à cheval, Nina, comme tu aimes.

Le soir, dans notre lit, ma femme me reprocha mon empressement à régler cette question :

— Tu aurais pu me demander mon avis avant d'applaudir.

— C'est formidable de passer août chez tes parents. On ne sait jamais où aller. Août est un mois effrayant pour partir en vacances.

— C'est bien pour ça qu'on avait dit juillet, Louis.

— Il est trop tard pour partir en juillet, nous sommes déjà fin juin. Et puis, pense à eux, ça leur fera tellement plaisir.

— Je les adore mais vivre tout un mois avec eux, dans leurs habitudes, les radiateurs d'appoint dans chaque chambre même en été, les parties de gin, bien manger midi et soir, pour grandir ! Non, vraiment, tu exagères.

Et Nina éteignit de son côté avant de conclure :

— Pour toi qui n'aimes pas la solitude, c'est

parfait, tu m'expédies là-bas comme un paquet. Tu me ranges. Je ne te gênerai pas devant ta poule !

— Tu sais bien qu'il n'y a pas de poule.

Nina, qui le savait, se mit brusquement à rire.

Je m'endormis en pensant à ce que j'allais inventer pour ma mère : une maison louée, sans téléphone, une grève des postes ou de nouveaux amis dans la région de Fontainebleau.

La préparation de la réunion de publicité eut lieu dans le bureau de Bertrand, en tête-à-tête avec lui. Je n'avais pas reconnu le cabinet de Foss. Bertrand avait tout fait changer. Les objets, les meubles, la peinture. Un blanc mat avait remplacé l'or. L'interphone aussi avait disparu.

Il était monté me chercher dans notre bureau, sa façon à lui de troubler, d'indisposer les autres :

— Vous pouvez venir, je vous attends.

Doutre m'avait foudroyé du regard, supportant mal cette faveur, cette préférence. Pour ne pas agacer son chef, Christine ne m'avait même pas regardé quitter ma table.

Je m'assis finalement en face de Bertrand, après avoir croisé Lingre dans les couloirs. Ce dernier m'avait adressé un clin d'œil complice, comme s'il avait voulu me féliciter de quelque chose, « c'est bon pour toi » ou autre encouragement pour cadre.

— C'est simple, Louis, commença Malair, je vous appelle Louis, c'est moins affreux que Coline. Pour moi, les *Magasins* tournent mal. Le chiffre d'affaires n'est pas mauvais, je sais bien, mais nous jouons petits bras ici. Je me donne un an pour redresser la barre, le niveau. Il faut devenir les meilleurs, Louis, les premiers. Sinon à quoi bon ? Nous avons tout pour réussir. Notre emplacement inestimable avenue de l'Opéra, ce parking ultra-moderne, nos kilomètres de rayons, sur six étages, s'il vous plaît, la rigueur de notre gestion... Et je n'oublie pas nos vendeurs. Ils sont épatants, figurez-vous ! Nous les avons testés. C'est Lingre qui s'est occupé de ça. Il s'est fait passer pour un client auprès d'eux, leur a posé une foule de questions, souvent difficiles, embarrassantes. Les résultats sont plus que satisfaisants.

Le rôle de François se dessinait enfin. Bertrand, dans le travail, le considérait exactement comme un flic, une sorte de surveillant.

— Pour devenir les meilleurs, poursuivit Malair, nous allons faire beaucoup de publicité, même si cela doit nous revenir très cher. Notre clientèle en puissance en prendra plein la vue, je veux atteindre leur fierté, Louis. Je vous ai appelé pour ça. Campagne de presse, d'affiches, cinéma, radio : tout doit démarrer à la rentrée. Pour ne pas dépenser trop d'argent, Foss refusait la publicité, n'est-ce pas ? J'ai envie d'en gagner. C'est ce que je dirai en réunion.

Pourquoi m'annonçait-il tout ça à moi ? Ses idées, ses ambitions ? Que pouvais-je faire d'autre que d'acquiescer ? je mêlais les « mais oui » aux « bien sûr » en pensant à la tête des autres, à la tête de Doutre.

— Doutre ne vaut rien ou je me trompe ? me demanda alors Bertrand.

— C'est un peu dur de trancher comme ça.

— Répondez-moi franchement, Louis. Vous croupissez ici, vous et lui. On voit ça en cinq minutes. Le jour de mon entrée aux *Magasins*, j'ai inspecté tous les bureaux. Je n'ai trouvé dans le vôtre que des bonbons, des journaux de sport, des postes de radio.

— On ne nous donnait pas grand-chose à faire...

— Et Doutre, je vous le promets, continuera à ne rien faire. Un jour, il partira. Il partira tout seul. Parce que je l'aurai réduit à rien, rien de nécessaire. Vous ne pensez pas que l'on va mettre les gens à la porte. Il y a la question des indemnités, de l'ancienneté. Vous, c'est différent.

— Moi ?

— J'ai vu tout de suite qu'on allait s'entendre. Vous êtes jeune, Louis. Je ne peux pas vous nommer directeur ou chef de service à votre âge et en si peu de temps, mais...

Quelles preuves lui avais-je donc fournies ? À quel poste aurais-je pu prétendre ?

... soyez tranquille, je vous donnerai des choses à faire !

L'avais-je donc séduit ? Avais-je réussi à me glisser dans le bon tri ? J'étais adopté. J'aurais voulu lui sauter au cou, l'embrasser comme Étienne quand il m'apportait un disque que je n'avais pas.

Tout ce que je craignais s'effaçait lentement. Même dans les conditions de travail que Bertrand nous imposait. Je n'avais rien imaginé de la sorte. Je craignais que, tel un double de Foss, il reprenne des bilans, nous abreuve de discours, se penche sur le passé de l'entreprise. Au contraire, Bertrand Malair avait choisi de partir sur des bases nouvelles. J'étais du voyage. Dans la boîte, on chuchotera mon nom : « C'est lui qui... avec M. Malair. » Mes amies les vendeuses ne me regarderont qu'avec plus de considération et de respect.

Oui, je pensais cela. Le « vous, c'est différent », qu'il avait prononcé, me suffisait. Je ne cherchais pas à savoir pourquoi. Pourquoi moi ? Je me demandai seulement s'il était permis de parler de coup de foudre dans le travail comme on le dit en amour.

Les « petites réunions » de Bertrand consistaient à convoquer trois ou quatre personnes d'un même service dans son bureau et à leur parler une cinquantaine de minutes durant. Odile, sa secrétaire, était assise à ses côtés, il l'avait chargée de noter les faits essentiels, il claquait bruyamment des doigts quand elle regardait en l'air ou n'écoutait pas. Il ne demandait pas aux employés présents de donner leur avis, de l'approuver ou de le contredire. Il semblait répéter un numéro devant quelques amis, groupe restreint, avant de se produire devant une assemblée plus importante. Si Lingre ouvrait malencontreusement la porte, venant troubler ladite réunion, Bertrand ne se gênait pas pour le remettre à sa place :

— Tu vois bien qu'on travaille, va boire un café !

Si Lingre faisait mine de ne pas entendre, Bertrand y allait un peu plus fort :

— Fous le camp, François !

Nous plaçant ainsi dans une situation très inconfortable.

Belais, lui, n'assistait jamais à ces séances. Je finis par comprendre que Bertrand préférait le voir seul à seul. J'eus l'occasion de les surprendre un jour. Bertrand disait à Paul : « Non, ce n'est pas la peine que tu viennes. Il n'y a rien à en tirer, ce sont des veaux ! »

Belais avait souri. Lui et Bertrand réglaient leurs affaires rideaux baissés.

En quelques semaines, Bertrand avait réussi à créer un climat de tension assez exceptionnel. Tout cela demeurait très souterrain et personne ne se serait plaint de quoi que ce soit. Bertrand tenait ces hommes et ces femmes comme un professeur détesté mais trop craint pour se faire chahuter pendant sa classe.

De Mer buvait moins, Mme Rousseau apprit une certaine décence, ses chemisiers boutonnés désormais jusqu'à l'avant-dernier bouton ; Pré devint polie.

Doutre, quant à lui, changea rapidement d'attitude à mon égard. Alors qu'il ne m'avait jamais soupçonné sous le règne de Foss, il se mit à se méfier de moi. Il se montra amical, curieux de mes goûts en matière de football ou de cinéma, bavard aussi, lui qui, en deux ans, ne m'avait jamais demandé qu'une cigarette, du feu, l'heure. Ridicule Doutre !

Il restait directeur de son service, bien sûr. Bertrand ne commettrait pas l'erreur de diminuer son titre, ses points, son salaire, mais peu à peu, je gagnais le pouvoir. C'est moi qui contrôlais les maquettes de Tourmen avant qu'elles descendent chez Bertrand ; je rencontrais certains *free-lance* de la publicité qui allaient travailler pour nous, en vue de nos premiers projets de campagne.

Après les réunions, Doutre s'arrangeait pour que l'on remonte ensemble : « C'est bien, disait-il, rien à voir avec Foss, cette combativité, ce punch. Malair est vraiment ce que l'on appelle un professionnel. Vous qui le voyez souvent... »

Mais Lingre ne lui laissait pas terminer ses phrases, et m'avait déjà rattrapé dans l'escalier à ce moment-là : « Tu bois un café, Louis ? »

Cela me permettait de me débarrasser de Doutre, de son charme poisseux. Le pauvre type se retrouvait seul dans notre bureau.

Christine, sa fidèle secrétaire, était aussi la mienne. C'était moi, à présent, qui la bombardais de lettres, de coups de téléphone à donner d'urgence. La réduction à rien de Gérard Doutre était amorcée. À l'instant même où j'entrais à sa place dans la familiarité de Bertrand. Les vrais sourires, les marques d'affection, les preuves de confiance me revenaient d'office.

Foss n'apparut plus jamais aux *Magasins*. On nous laissa entendre qu'il était entré dans sa clinique pour toujours. Son salaire continuerait de lui être versé. C'était juste, et puis il n'en avait plus pour longtemps.

Qui le regrettait aujourd'hui ? Bertrand n'avait négligé personne. Même le petit personnel, qui aurait dû demeurer fidèle au vieux Foss, ne jurait plus que par Malair, ce directeur, un fonceur, qui allait faire des *Magasins* le premier des grands magasins de France. « Dans un an, vous penserez : "J'ai de la chance de travailler ici" », leur avait-il dit, lors de l'assemblée générale d'avant l'été.

Bertrand avait augmenté de deux pour cent, je crois, la prime de leurs vacances : il ne leur en fallait pas plus pour lui reconnaître toutes les qualités.

Il n'eut pas besoin avec moi d'utiliser ce langage, ces arguments, de m'allouer ces primes. Je répondis présent à son amitié. Dans le classement que j'établissais très régulièrement de mes amis préférés, si Étienne occupait toujours la première place, Bertrand arrivait en second, juste avant François.

Se voyait-on si souvent à l'époque, en dehors des *Magasins*, des heures de travail ? Pas aussi fréquemment que l'imaginait Doutre. Surtout au début. Cela se fit lentement.

J'avais toujours tenu Nina à l'écart, ne confondant jamais ma vie privée, ma vie de famille avec ces activités professionnelles, dispensant ma femme de ces dîners absurdes où des collègues de bureau se présentent tour à tour leurs appartements et leurs domestiques.

En deux ans, j'avais moi-même évité les dîners d'affaires où l'on se rend seul parce que les femmes ne sont ni invitées ni admises. Quelles affaires aurais-je pu traiter avant de rencontrer Bertrand ?

Tout cela allait changer peu à peu, comme le reste. Il fallait laisser passer l'été, les vacances, attendre le début de nos campagnes publicitaires.

Je ne cachais pas mon impatience devant

François, profitant d'un café avalé ensemble pour lui poser mes questions :

— Et vous, vous ne partez pas quelques jours ?...

J'avais dit « vous », les associant tous les deux, comme un vieux couple qu'ils formaient, vu de l'extérieur. François s'en sortit par une pirouette :

— Bertrand a horreur des vacances, tu sais, et moi...

Quelles étaient donc leurs nuits à eux, leurs dimanches ?

Rassuré aux *Magasins*, il était temps d'en apprendre davantage. Je ne pouvais me contenter de les connaître tous les deux, tous les trois, uniquement dans le travail. Tout m'intriguait dans leur conduite. Leurs relations. Comment vivaient-ils ? Et où ? L'avenue d'Eylau, en ces premiers jours de juillet, demeurait un mystère, une simple adresse. La Rover et la Peugeot n'étaient que des voitures parmi des milliers de voitures. Puisqu'on avait établi cette différence, que je me sentais mieux traité que les autres, protégé, peut-être un jour allait-on m'en dire plus ? J'avais des forces à prendre, j'ignorais encore comment Bertrand Malair me ferait payer cette amitié de bureau, ces faveurs. L'addition serait lourde.

Un soir de poker comme tant d'autres ; sauf que celui-ci s'annonçait plus saignant. C'était le dernier de la saison : même les joueurs ont des vacances. Nina sortait avec Sophie et Étienne : une fête brésilienne à Saint-Cloud, comme en organisent les gens qui s'amusent sur commande.

J'avais décidé de dîner chez ma mère avec Yette et le chien. Nos parties commençaient assez tard, toujours après les repas.

J'avais demandé à Michel de m'appeler rue Boussingault. Peut-être passerait-il me chercher en voiture ? Michel jouait très bien aux cartes. Il savait bétonner, comme l'on dit. Il lui suffisait de gagner quelques coups puis de faire semblant de suivre le jeu alors qu'il empilait tranquillement plaques et jetons, calculant toutes les cinq minutes à combien s'élevaient ses gains, s'ils lui permettraient de payer une jupe à Sophie, la note du téléphone.

Michel travaillait pendant nos parties. Le reste du temps, il se contentait d'un salaire dérisoire dans une banque, ce qui ne l'autorisait pas à mener une telle existence. Sophie, les cigares, un peu de frime, se moucher dans les petites coupures. Au lieu de se mettre en quête d'un meilleur emploi, il avait choisi le poker pour arrondir. Comme survie. Michel ne perdait jamais. Ou alors, exceptionnellement, une fois dans l'année et beaucoup, une trop forte somme pour lui, en tout cas. Ses amis lui avançaient toujours l'argent de la dette, sûrs qu'il se referait bientôt. Facilement.

Je l'aimais depuis le lycée : nos chahuts, nos étés boutonneux, mal dans notre peau. Nous avons le même poids, Michel et moi : un peu trop gros. Nous savions l'un et l'autre que dans vingt ans, du moins dans ces parties de cartes, rien n'aurait changé entre nous. Surtout pas nos regards où l'on se disait, le temps d'une donne ou d'une coupe : « Ça va ? Tu ne perds pas trop ? »

Je trouvai ma mère en bonne forme, ce soir-là. Elle avait fait l'effort de s'habiller et de se maquiller au lieu de traîner comme d'habitude en peignoir et bigoudis. Je me doute bien qu'elle n'avait pas souhaité cette situation pénible entre Yette, ma Yette, au bord du gâtisme et ce chien hystérique qui vous sautait dessus tel un jouet mécanique remonté à vie, du moins pouvait-on espérer qu'elle s'arrange un peu, qu'elle oublie par une jolie robe, un ensemble un peu gai, qui elle était, qui nous étions, vraiment.

— Et Nina ? me demanda-t-elle. Elle aurait pu venir, il y a à manger.

— Sortie avec Sophie et Étienne.

— Étienne, c'est le grand avec les mains huileuses, dit Yette. Il ne me plaît pas beaucoup, celui-là.

Je ne prêtais plus attention aux réflexions de Yette sur mes amis ; elle avait réussi à brouiller ma mère avec tous les siens, se moquant d'eux à voix haute, leur reprochant un air de drogué, de pouilleux, pas catholique. Par jeu, pensait-on, mais c'était plus savant que ça. Yette voulait demeurer la seule à être aimée, cajolée : « Je suis vos seules oreilles, mon petit Louis. »

Mais tout allait bien, ce vendredi-là, ma mère avait décroché une synchro. Elle doublerait la voix d'un personnage de dessin animé japonais :

— C'est bien payé, tu sais.

Yette battait des mains :

— Ah ! si tu m'avais écoutée, ma fille, aujourd'hui nous habiterions un palais, tu serais la plus grande !

Qu'aurait dû faire ma mère pour devenir célèbre ? Entrer dans un clan, coucher avec les gens en place ? Non, cela ressemblait à la légende. Il lui aurait fallu la maturité que Yette s'était acharnée à détruire en elle, un meilleur caractère, un autre homme que moi dans sa vie.

— Et toi, Louis, les *Magasins* ?

Je ne leur disais rien de mon travail. Je ne leur avais pas fait part de notre changement de direction. Pourquoi tout leur compliquer ? Les encombrer avec mes soucis ? Je répondais, alors, que ça marchait « du tonnerre ». Vrai ou faux. Je leur racontais que j'occupais un poste très important, que je gravirais tous les échelons dans l'entreprise. Je les rendais heureuses avec ces balivernes. J'entretenais chez ma mère l'espoir de la sauver un jour de cet appartement, de ce quartier de vieux, qui allait mal avec ses rêves.

Je ne leur disais rien de Nina, que mes joies, mes moments de bonheur, nos parenthèses.

— Et vos vacances, alors ?

Après dîner, nous étions passés tous les trois dans le coin salon. Ma mère me glissait entre ces quatre mots qu'elle, bien sûr, ne prendrait pas de vacances, de bon temps.

J'optai pour l'éventualité des amis imaginaires :

— Une maison près de Fontainebleau. Des peintres. Ils sont très gentils.

— Tu me laisseras le téléphone...

— Je crois qu'ils ne l'ont pas.

— Et s'il arrivait quelque chose ?

— Je vous donnerai l'adresse. De toute façon, moi je ne pars que quinze jours.

— Ah ! je préfère.

Michel nous empêcha d'aller plus loin dans la discussion.

Dix minutes après son coup de fil, il klaxonnait en bas.

— Tu vas jouer ?

— Oui...

— Gagne des millions, mamour, prends-leur tout leur argent.

Je les embrassai.

— Boum, Louis !

— Boum, Yette !

« Boum » était notre mot de passe.

Je connus une fortune extraordinaire. J'avais les bonnes cartes en main, la pointure idéale. Les deux paires minables pour battre les deux as de mon voisin, les trois sept servis pour mettre Pierre à tapis et ridiculiser ses trois cinq.

Dans de telles conditions, je savais me contrôler et bien me tenir devant les autres. Je n'avais pas le triomphe facile, jouant tous les coups, en attendant que « ça rentre ».

La partie fut longue. Les perdants réclamaient prolongation sur prolongation :

— Tu vas pas nous refuser ça, Louis ?

J'acceptai tout.

Michel avait terminé « à cave ».

— Un coup pour rien ! constatait-il dans sa voiture, une VW rafistolée que j'appelais notre roulotte.

Il me raccompagnait. J'avais envie que l'on oublie les cartes, J'aurais aimé lui parler de Bertrand et de François.

— On finira dans le journal avec ce pok ! à la rubrique faits divers !

Il s'amusait tout seul, il ne m'aurait pas vraiment écouté. J'aurais souhaité l'impossible, que Michel fasse un grand détour, jusqu'à l'avenue d'Eylau. Je serais descendu de voiture, j'aurais crié sous les fenêtres de Bertrand : « Regardez ce que j'ai gagné, un demi-million ! »

Il ne dormait peut-être pas. On serait allé boire un verre à l'Ély-Club, Michel aurait connu Bertrand comme ça. Mais il était trop tard dans la nuit.

Michel me déposa au coin de l'avenue Bosquet et de la rue du Champ-de-Mars.

— À la prochaine et bravo !

— Tu ne montes pas ?

— Tu es fou ? Nina doit dormir.

Nina dormait bien sûr. Je la réveillai avec mes froissements de billets, en allumant la lumière dans l'entrée :

— Cinq cent mille, Nina !

— Et demain, tu les perdras, me dit Nina. Laisse-moi dormir. Quelle heure est-il ?

— Trois heures.

Je lui mentais toujours sur mes heures de retour.

Les week-ends sans *Magasins*, sans François ni Bertrand commencèrent bientôt à me paraître insupportables. Je ne parle pas de ces vacances, ces quinze jours du mois d'août passés auprès de Robert et Mathilde, avec Nina qui me boudait parce qu'elle s'ennuyait dans cette maison immobile si bien rangée, qui lui rappelait ses étés trop blancs où jamais rien n'arrivait.

Je me doutais bien que Christine n'hésiterait pas à me prévenir, je lui avais dit mon numéro de téléphone, si Bertrand me réclamait d'urgence, mais je ne reçus aucun appel. On se débrouillait sans moi.

Je n'étais pas tranquille. Chaque vacance, chaque éloignement de notre domicile provoquait en moi les mêmes craintes. J'avais peur que l'on cambriole notre appartement, que l'on force notre serrure ou brise nos fenêtres, que l'on vide nos armoires et nos commodes, éparpillant dans les différentes pièces les objets qui m'étaient chers, qu'à notre retour, il me faille tout ranger, moi qui aimais tant l'ordre.

Et le robinet de gaz, l'avait-on bien fermé ? Avait-on songé à dégivrer le réfrigérateur ? J'agaçais Nina avec mes questions de vieillard.

Je perdais au gin-rummy, tentant trop souvent

le grand gin, gardant des as dans mon jeu qui nous coûtaient un maximum de points, quinze ou trente selon la retourne. Et Nina, nous faisions équipe, m'en voulait de jouer si bêtement. Même Robert et Mathilde avaient fini par se lasser de mes distractions. Je dormais mal la nuit, réveillant ma femme à n'importe quelle heure, l'obligeant à me parler

— Nina, tu m'aimes ?

J'aurais été si bien dans mon bureau des *Magasins*. Indispensable. Doutre avait pris ses vacances en même temps que moi, il n'y avait personne à la promotion. Bertrand saurait-il s'organiser ? Il le pouvait, bien sûr, et puis Paul et François étaient restés, ils n'avaient pas le droit de partir comme ça. Ils avaient reçu des consignes.

Quand j'avais annoncé à Bertrand mon départ pour quinze jours, il ne m'avait rien dit, aucun reproche, simplement que cela me ferait du bien. Avait-il senti que je désirais autre chose ? Un ordre pour tirer un trait sur ces vacances et demeurer à mon poste, avec lui. Avec eux.

Quinze jours avaient dû lui paraître bien courts. Après deux ans, les employés des *Magasins* avaient droit à un minimum de quatre semaines, mais il n'avait pas voulu me montrer sa surprise : « Un café, Louis ? »

Il avait changé de conversation. Ces cafés — dix, je le sais, pour les avoir comptés — qu'il avalait chaque jour les uns derrière les autres. « Une blonde ? » Ces Kent qu'il ne fumait qu'à moitié, peut-être par élégance, ou bien pour se prouver qu'il aurait pu s'en passer, qu'il n'aimait pas vraiment ça, juste un truc pour occuper ses mains, ses doigts. Je savais qu'ils n'allaient, ni lui ni François, jamais aux toilettes. Je l'avais remarqué au tout début, car je m'y rendais assez souvent moi-même ; les toilettes se trouvaient à leur étage, ça me faisait descendre, marcher, me dégourdir les jambes. J'y avais rencontré tout le monde. Excepté eux. Même Belais. D'ailleurs, nous avions plaisanté une fois au sujet des gouttes sur la lunette : « C'est De Mer ! avais-je appris à Paul. Il boit tellement qu'il ne sait plus où il pisse ! »

Belais avait beaucoup ri en pensant peut-être à Bertrand qui ne pissait jamais.

Dans ma campagne de Fontainebleau, mes sales nuits blanches, Paul était le seul que je ne regrettais pas. J'imaginais pour lui une série de catastrophes : Bertrand le surprenait en train de voler un cendrier ou du papier à lettres, de coucher avec Odile aux heures de bureau ; une voiture ne pouvait l'éviter.

Le penchant de Bertrand pour Paul m'avait toujours énervé. Physiquement, on ne lui aurait pas donné un rôle, même derrière un pilier, dans une troupe de province, une fête à la mairie. Pas laid mais neutre. Alors, qu'est-ce qui retenait Bertrand ? Son intelligence, cette culture générale qui lui permettait de répondre bien à tout. Une bête à concours, exactement : Belais aurait pu se présenter à un jeu de télévision. J'aurais préféré, c'est vrai, qu'ils soient deux seulement, Bertrand et François. Cela m'aurait paru plus simple et même assez beau de comprendre qu'ils s'aimaient. Mais ce n'était pas ça, pas ça non plus. Belais venait brouiller les pistes. Ils habitaient tous les trois assez près l'un de l'autre mais chacun sa chambre. Si François dormait, par hasard, chez Bertrand, parce qu'ils étaient rentrés tard et que cela lui était plus commode, il couchait par terre, dans la cuisine.

À mon retour de Fontainebleau, François m'avait raconté ça, en se plaignant du dos, des reins, il n'était pas précis :

— J'ai dormi sur les dalles de la cuisine chez Bertrand. Il était cinq heures du matin.

Il m'avait expliqué qu'il était recommandé de s'étendre ainsi à même le sol. Qu'il faisait très chaud et que Bertrand l'avait enfermé là, dans la cuisine. Un résumé invraisemblable. Sans doute, François se mordait-il les doigts de m'avoir dit ce moment de sa vie ? Sa vie ou celle de Bertrand, si elles n'étaient confondues.

Bertrand fut content de me revoir, il me convoqua le matin même où je repris le travail :

— Votre femme doit être déçue. Quinze jours, ce n'est pas beaucoup.

— Mais je l'ai laissée là-bas, monsieur, pour tout le mois.

— J'ai renvoyé quelqu'un pendant votre absence, me confia-t-il, quelqu'un qui disait vous connaître. Mademoiselle... oh ! j'ai oublié son nom, la vendeuse principale du rayon papeterie.

J'aimais bien Jacqueline et ses boucles noires. Elle m'amusait. Elle se faisait voler un maximum d'articles pendant les six premiers mois de l'année et ouvrait l'œil les six autres, veillant à ce que plus rien ne disparaisse. Elle entendait prouver ainsi à ses chefs que le pourcentage des vols diminuait grâce à elle. On avait dû la dénoncer, un inspecteur ou bien François découvrir son manège. Bertrand l'avait remerciée.

— Vous avez eu des rapports sexuels avec cette fille ? me demanda-t-il.

— Certainement pas, monsieur.

— C'est agaçant votre manie de m'appeler monsieur. Je suis Bertrand pour vous.

Sa question ne m'avait pas étonné. Plus rien ne m'étonnait chez lui. Je compris que notre entretien était terminé. J'étais prêt à le laisser travailler, mais avant que je referme la porte de son bureau :

— Si vous êtes seul à Paris, voyons-nous ce week-end, Louis. Je dirai à François de vous appeler. Ou peut-être comptiez-vous sur ces deux jours pour rejoindre votre femme ?

— Non, non, dis-je. J'ai ma mère à Paris.

Le soir, de la maison, je téléphonai à Nina pour l'embrasser, lui dire que nous n'avions pas été cambriolés, finalement, que tout se passait bien.

— Alors, tu viens ce week-end, Louis ?

— Justement, ça ne va pas être possible. Bertrand a dit qu'on se ferait signe. On a des trucs à examiner ensemble.

— Tu l'appelles Bertrand, maintenant !

— Tu n'es pas fâchée au moins, Nina ?

— Maman sera déçue, elle voulait te faire la grande salade de fruits que tu aimes…

C'est curieux, Nina, elle, ne semblait pas déçue. Elle ajouta que quinze jours ce n'était rien.

J'essayai de joindre Étienne, oubliant qu'il avait quitté Paris lui aussi. Comme tous. Excepté *eux* et moi, Yette, ma mère et le chien, parce qu'il n'existait pas encore de colonies de vacances pour les animaux.

Je passai mes journées de *Magasins* avec François au bistrot d'en face. Lucienne y avait installé sa sœur et son beau-frère pendant la période creuse. Le café qu'ils nous servaient avait un goût infâme.

— Tu as de la chance, m'apprit François ce jour-là, tu vas connaître Salomé.

— Salomé ?

— Je ne crois pas que cela soit son vrai nom mais c'est joli Salomé. C'est une graphologue, elle sort souvent avec nous. À elle aussi, Bertrand a promis, pour ce week-end. Il veut peut-être faire d'une pierre deux coups. Vous présenter. Et que tu quittes ta femme pour Salomé !

— Pourquoi dis-tu ça ? (Je m'étais énervé.) C'est idiot, vous n'avez jamais vu Nina.

— Je plaisantais, Louis, te monte pas comme ça !

Il me parla longuement de Salomé, me soutenant qu'elle était une espèce de fée, qu'il y avait dans la vie les femmes-fées, magiciennes et puis toutes les autres femmes. C'était la première fois que François évoquait devant moi le nom, la présence ou le souvenir d'une fille.

Ni François ni Bertrand ne m'appelèrent ce samedi matin. Je m'étais levé tard. Je ne dormais pas, j'avais dû me réveiller vers huit heures, mais j'étais resté au lit, espérant que le téléphone sonnerait pour m'en sortir. À midi, je réussis à quitter ma chambre, je composai le numéro de ma mère.

— Venez à l'heure du thé, c'est ça. Ça ne me dérange pas du tout. Le chien? Évidemment, vous pouvez amener Philo'.

J'avais préféré ne pas m'engager pour le déjeuner et le dîner, attendant l'invitation de Lingre. À une heure et demie, je décidai d'aller manger un sandwich au café le Rubis de l'avenue Bosquet. Pour être bien sûr de ne pas les rater, je décrochai mon téléphone afin qu'ils me croient simplement occupé.

Je revins à deux heures avec tous les journaux parus. Quand Nina n'était pas là, j'achetais beaucoup de journaux. Cela me rassurait d'avoir tout ça à lire, la nuit, si je n'arrivais pas à trouver le sommeil.

Je fis un peu de rangement : mon lit, l'armoire des affaires d'été, la salle de bains. Seul à la maison, je n'entrais pratiquement jamais dans la cuisine. Cela m'aurait obligé à salir des assiettes, des tasses ou des couverts. Si j'avais soif, j'utilisais une bouteille de plastique que je remplissais d'eau du robinet. Je buvais directement au goulot pour m'éviter de sortir un verre. J'avais aussi un cendrier, cadeau de Mathilde, je crois, qui me suivait partout et que je vidais toutes les cinq ou six cigarettes. Nina ne me voyait pas, j'en profitais. Elle, j'en suis convaincu, aurait souhaité jeter ses cendres dans tous les cendriers de l'appartement. « Tu ne peux pas m'aimer et aimer l'ordre à ce point-là, disait-elle. Tu voudrais qu'on ne se couche pas, des fois, pour ne pas défaire le lit. »

Depuis mon départ de Fontainebleau, je n'avais pas pu parler à Nina tous les jours. Quand j'avais téléphoné, jeudi soir, Robert m'avait dit : « Elle est dans la cuisine avec sa mère. Elle regarde monter le soufflé. Elle vous appelle aussitôt que c'est fini. »

J'étais sorti jeudi soir, un cinéma, un mauvais film. Et je n'avais pas osé les réveiller à mon retour. Le lendemain, Nina ne m'en voulait pas : « Tu as bien fait. Il faut te distraire un peu. »

Cette Nina-là m'exaspérait. Alors que j'attendais des reproches, des allusions, ou une vraie scène, je n'eus droit qu'à ça, cette sorte de compréhension. Parfois je regrettais la façon d'aimer de Nina. J'aurais désiré qu'elle me ressemble, qu'elle soit jalouse, comme moi, d'un oreiller puisque son visage, nos visages s'y reposaient des nuits entières. Jalouse d'un geste, d'un sourire à un passant et de son regard en réponse, d'une trop longue conversation avec une personne étrangère. Au lieu de ça, Nina semblait s'amuser, se réjouir de mes absences, d'un certain manque d'attention de ma part, de mes rares escapades. Elle se moquait de moi.

— C'est nous ! C'est nous !

Quand Yette, ma mère et le chien venaient nous rendre visite, elles n'avaient pas besoin de sonner à la porte. Je les entendais dès leur arrivée dans l'immeuble. Yette faisait aboyer Philémon, ma mère lui disait d'attraper une balle ou un voleur imaginaires si bien qu'il montait les escaliers comme un fou.

— Doucement, Philo' ! Doucement ! criait alors Yette.

Et puis, ma mère, pour m'avertir, du deuxième étage :

— C'est nous, Louis ! C'est nous !

Je leur ouvrais et elles me trouvaient mal habillé, une sale mine, empâté, quelque chose.

Elles n'étaient pas restées longtemps, ce jour-là. Elles avaient Odette à dîner :

— Il faut bien l'inviter de temps en temps, la pauvre femme.

Odette était l'employée de leur ancienne blanchisseuse, maintenant à la retraite. Contre deux manteaux, trois robes que ma mère ne portait plus jamais et dont elle se débarrassait volontiers — « c'est pour vous, Odette, ça vous ira très bien » —, elle exigeait d'Odette un travail considérable. On lui faisait laver le linge, cirer les parquets, briller le peu d'argenterie. Et, une fois l'an, on la recevait à dîner : « Rien, trois fois rien, elle mangera comme nous, ce qu'il y a. »

Yette appelait Odette « la bonne ». Un soir, ça lui avait échappé. C'est vrai qu'Odette servait le repas. Ma mère lui avait accroché un tablier autour du cou : « On dirait que ça vous grandit, ma petite Odette, je vous assure, ça vous allonge la silhouette. »

Odette acceptait tout de Yette et de ma mère, elle les croyait ses amies. Un divorce l'avait rendue fragile. Les coucheries de l'homme plus jeune qu'elle avec lequel elle vivait n'arrangeaient rien. Elle pleurait pour un oui ou un non. Une fontaine.

Si je l'avais demandé à ma mère, Odette aurait probablement recousu la doublure du loden de Bertrand, aurait repassé sa veste rapiécée en différents endroits, mais je n'aurais pas fait une chose pareille. Bertrand avait les moyens de régler ces questions tout seul.

Yette et ma mère repartirent à cinq heures sans avoir rien bu, soutenant que, par cette chaleur, il valait mieux faire un petit sacrifice.

— L'estomac ne le supporterait pas !

Yette me dit que notre appartement possédait enfin un certain cachet et ma mère voulut que je lui prête des livres qu'elle ne lisait pas plus que moi. Juste pour avoir quelque chose à me rapporter.

Je me retrouvai bientôt seul pour mettre de la musique. Assez fort, rien de très bon, des variétés, chansons françaises.

La journée s'achevait. François m'appela quand je cessai d'y croire :

— J'ai essayé vers une heure, toujours occupé. Tu fais un truc, ce soir ?

Je répondis, après une légère hésitation comme si je devais vérifier sur un carnet, que j'étais libre.

— Extra ! Je le dis à Bertrand et je te rappelle. Tu ne bouges pas de chez toi, de toute façon ?

— Mais qu'est-ce que vous faites, vous ?

— Justement, Bertrand doit décider.

Je compris que François n'avait pas encore obtenu de réponse définitive, que Bertrand ne lui avait rien dit. Il me rappela, dix minutes plus tard :

— Bon, c'est formidable, Louis, criait-il dans le combiné, si fort que je dus éloigner l'appareil, on va tous Chez Max, c'est un restaurant à Montmartre. Bertrand m'a dit que tu pouvais venir. Je passe te prendre ?

Je lui proposai, alors, de monter chez moi. Je sentis qu'il n'attendait que ça. Boire un verre, on partirait ensuite.

François arriva à l'heure précise dont nous étions convenus. Je me demandai si pour être si exact, il n'avait pas été contraint de faire le tour du pâté de maisons ou de rester quelques instants dans sa voiture.

Il était habillé comme les autres jours, apparemment, pas de tenue exclusive pour le week-end.

Mon appartement n'est pas grand, on le visite généralement en deux minutes. François y mit un bon quart d'heure. Chaque objet, chaque livre était commenté, lui dictait une phrase, lui inspirait une question.

— Ah ! un petit whisky, c'est pas de refus.

Nous étions dans le living. Moi sur les coussins, lui sur le seul fauteuil que nous avions, le rocking-chair de notre liste de mariage. J'aurais pu bénéficier de rabais sur l'ameublement, avec les *Magasins*, mais Nina refusait de s'encombrer, préférait les maisons vides.

— Salomé est avec eux ? demandai-je.

— Ah ! elle t'excite déjà ! Oui, elle nous rejoint Chez Max. Mais tu sais, nous ne serons pas nombreux. Bertrand m'a fait réserver pour six. Six, ça veut dire toi et moi, Bertrand, Paul, Salomé et... (il semblait buter sur le nom du sixième) Jean-Loup, conclut-il. Un type très correct. Médecin. Si jamais tu as des problèmes de santé...

— La femme de Paul n'est pas prévue ?

— Ah ! non, glapit François, celle-là, Bertrand n'en veut pas. Comme tue-l'ambiance !... Et puis, c'est drôle mais Paul est différent quand elle est là. À propos, il faudra que tu nous présentes la tienne, Louis.

Cela me fit penser à appeler Nina en vitesse. Je lui dis l'essentiel, que je sortais avec François, que je l'aimais, mais cela me gêna d'en dire plus sur nous deux. François écoutait : indiscret.

On ne tarda pas à partir. Je montai dans la Rover à côté de François, retrouvai les mégots de Bertrand dans les cendriers. François ne fumait pas. Derrière, des journaux s'entassaient. La presse du jour que François n'avait sans doute pas eu le temps de passer en revue. Il gardait comme moi ce matériel pour ses nuits.

— La table de M. Malair ?

Chez Max était un petit restaurant dans le dix-huitième, rue Lamarck, peu fréquenté, assez cher pourtant. Nappes à carreaux, bougies sur les tables, musique d'ambiance. Très anonyme.

On nous conduisit dans la salle du premier, plus déserte encore. Ils étaient déjà tous là. Salomé près de Bertrand, Paul et le médecin en face.

— Tu tombes bien, dit Bertrand à François.

Il retira brusquement sa veste et :

— Range ça, veux-tu !

Il la lui lança sans le viser particulièrement, forçant Lingre à faire preuve d'adresse pour attraper le vêtement. Puis, Bertrand fit les présentations :

— Louis Coline travaille pour moi aux *Magasins*. Je t'en ai parlé, Jean-Loup. Il est responsable du service publicité.

Le docteur me répondit d'un hochement de tête à la manière de Pré. Je savais bien que Malair mentait. Je n'étais que l'assistant de

Doutre mais cela ressemblait à une blague entre nous, une faveur de sa part, promotion passagère qui ne durerait que le temps d'un dîner.

Je touchai les mains glacées de Salomé sans chercher son regard. Salomé était borgne. Un bandeau noir probablement en velours lui cachait l'œil gauche. Assez belle. Comme un garçon manqué, habillée en petit page, aussi peu soignée que les autres, les cheveux courts, le visage sans une trace de maquillage. Je compris qu'elle gravitait ainsi depuis quelques mois autour du fameux trio. Trop jeune pour avoir eu Bertrand comme professeur. J'aurais été bien incapable de deviner les rapports qui s'étaient établis entre mes cinq convives. Je dois avouer qu'ils correspondaient par code, évoquaient un théâtre désaffecté où ils avaient assisté jadis à une représentation de *Phèdre* que la police avait interrompue. Je n'avais pas l'air de les déranger pour ressasser ces vieux souvenirs. Salomé, qui n'avait pas vécu toutes ces aventures, se contentait de rire aux bons moments, ignorant ma présence — nous étions assis face à face —, ne fixant du regard que François, comme s'il allait lui donner le signal de sourire ou d'applaudir aux histoires de Bertrand.

Bertrand mangeait tout en parlant, très vite, ne prenant pas la peine de mâcher les aliments, voulant visiblement en terminer avec son assiette.

Il imagina au dessert que je m'étais ennuyé, qu'on n'avait rien dit ou rien appris sur moi :

— On a réussi à oublier les *Magasins*. Ce n'est pas merveilleux, Louis ?

Bien sûr. On avait réussi à tout oublier, en effet. N'était-ce pas ce qu'il avait toujours voulu ?

Tout sauf lui évidemment, l'essentiel. Puisque c'était lui qu'il nous fallait écouter, remercier pour le dîner :

— Exquis, c'est incroyable qu'il y ait si peu de monde !

Sa veste qu'il convenait d'accrocher sur un cintre s'il avait trop chaud, les Kent qu'il fallait courir chercher si son paquet était vide. Et surtout, ne jamais lui mentir. Tout lui dire. C'était bien ça, comme à Yette, parce qu'il était mieux armé que les autres pour nous protéger. Nos oreilles mais aussi nos yeux, un patron mais aussi un ami. Cette vague soumission offerte de bon cœur, dans la bonne humeur, en plaisantant, sans y être obligé, plaisait à Bertrand Malair. Il n'y avait rien de mal. Qu'avions-nous à attendre de notre petite vie ? Autant vivre la sienne. À l'œil, pour le plaisir.

Malair se serait bien gardé de nous faire de la morale, nous seriner tout cela. Pas de bourrage de crâne. Les choses nous étaient glissées, murmurées, lâchées en sourdine par l'ancien enseignant. Seul François était déjà allé jusqu'au bout du raisonnement. Belais et moi étions mariés et risquions moins. Ce docteur ne lui devait rien. Salomé vivait en analysant les écritures des autres. Qu'avait-elle découvert ? La voyait-il pour ça ? Le faisait-elle chanter ?

J'avais trop bu, ce soir-là, je remuais dans ma tête ces impressions peut-être déraisonnées. Fondées sur quoi ? Je noircissais le tableau. J'ai le vin triste.

François m'avait raccompagné chez moi et, par la vitre :

— Peut-être à demain, on se verra au Rubis.

Lui avais-je parlé de mon café, de mes habitudes ? J'eus le sentiment qu'ils savaient déjà tout, trop de choses, et qu'en échange, je n'aurais rien. Que de l'avancement, des distinctions réservées aux cadres, des points de retraite supplémentaires.

Ce n'était pas de l'amitié, encore moins de l'amour. Un jeu, simplement. Colin-maillard. Enfermé dans une grande pièce de l'avenue d'Eylau, que je ne connaissais pas, une voix me criait : « Cherche Bertrand ! Cherche-le donc ! »

Je m'endormis à moitié ivre. Les images de ce dîner s'étaient brouillées dans mon esprit. Pas de Nina pour reconstituer les scènes, procéder au montage.

Je me souvenais que Salomé était montée dans la Peugeot de Bertrand avec Jean-Loup, que Paul avait sauté dans un taxi, était parti de son côté, comme s'il ne pouvait rester avec eux, les suivre là où ils allaient.

— Je vous rejoins, avait dit Lingre. Je dépose Louis et j'arrive.

Peut-être avais-je eu tort de boire ? Ou bien me reprochait-on Nina, déjà assimilée à la femme de Paul ? « Tout ça dans le même sac ! » aurait tranché Bertrand.

Au café Rubis, le lendemain, dimanche, je ne fus pas surpris de retrouver François. J'étais venu jouer mon tiercé comme chaque semaine avant l'arrêt des paris, au dernier moment. Je faisais la queue avec mes tickets, prêtant ma pince à un voisin moins prévoyant, quand une main se posa sur mon épaule.

François avait les traits tirés, la figure chiffonnée de celui qui peut s'endormir n'importe où. Dans sa voiture s'il a perdu les clefs de chez lui, sur les dalles d'une cuisine si on ne lui en laisse pas le choix.

— Tu bois quelque chose ?

— Je veux bien, oui, une orange pressée.

Je lui avais répondu machinalement comme s'il était normal de le rencontrer là, parmi ces joueurs du dimanche. Au milieu de turfistes énervés, sûrs de leurs tuyaux, de ces vieilles dames mélancoliques qui, l'espace de trois ou quatre heures, allaient croire à leur chance. Dur comme fer. Faisant des projets de week-end sur la Côte d'Azur, de télé couleur ou de grand restaurant. Après la course, il leur faudrait revenir sur terre.

François était l'homme des comptoirs de bistrot. Nulle part ailleurs, il ne se serait senti plus à son aise : « C'est mon bureau à moi », m'avait-il confié un jour.

Je rangeais à présent mes tickets dans mon portefeuille et lui :

— Alors, comment tu la trouves ? Tu te la ferais bien, non ?

Il me répéta son attirance pour Salomé ; le bandeau noir ne le gênait pas, il y voyait là une source d'excitation supplémentaire.

— C'est un bon coup, tu sais, m'assura-t-il, prometteur, en se tortillant.

J'étais persuadé à ce moment-là qu'il n'avait jamais rien fait avec Salomé. Ni l'amour ni rien. Qu'il en parlait juste pour me distraire, guetter une réaction de ma part.

— Elle m'a dit que si tu étais moins gros, elle coucherait avec toi.

Je savais que c'était faux.

— Bertrand est au courant ? demandai-je.

— Eh ! dis donc, je ne suis pas marié avec Bertrand, moi, répliqua François.

Je l'avais embarrassé avec ma question. Il régla les consommations. C'est toujours lui qui payait en l'absence de Bertrand. Puis il s'inventa un rendez-vous :

— Faut que je file !

Bertrand l'attendait, Dieu sait où encore ! Dans un hôtel décati, peut-être, pour déjeuner d'une sole et d'une tarte aux poires, vieille de dix jours.

— Je ne te propose pas de venir. On doit discuter.

— De toute façon, je suis pris à midi.

Je mentais à mon tour, ne croyant pas une minute à ce repas, à cet empressement. Cette fille même n'existait pas. Ils avaient très bien pu la louer à une agence pour me prouver qu'il y avait une femme dans leur vie. Le jour où je m'inquiétai de la disparition de Salomé, je fis rougir François : « Bertrand s'est fâché, marmonna-t-il. On ne la voit plus. Surtout, ne lui en parle pas. Il est furieux contre elle. »

Que signifiait tout cela, cette fureur soudaine ? Avaient-ils poussé Salomé au suicide comme ce cadre de la banque ? Lui avaient-ils donné de l'argent, une somme suffisamment importante pour qu'elle n'hésite pas à quitter Paris ? Ils en étaient bien capables. Pour s'éviter un boulet à traîner — pensez, une infirme —, d'autres questions plus gênantes encore,

François se dépêcha donc :

— À demain, aux *Magasins* !

Je l'avais regardé traverser l'avenue Bosquet

au rouge, tenir le bras du piéton le plus proche de lui, gagner sa voiture garée devant le cinéma Bosquet. Démarrer.

Une semaine me séparait de Nina, une semaine de *Magasins*, heureusement, où le travail reprenait. Dans les derniers jours d'août, passé le pont du quinze, les gens commencèrent à rentrer. Mme Rousseau, d'abord, qui insista pour me montrer les dégradés de son bronzage :

— Oh ! vous pouvez toucher, Louis, je ne vous mangerai pas.

Puis Gérard Doutre m'expliqua le calme des plages bretonnes. Il avait beaucoup réfléchi :

— On va en mettre un grand coup ! Pas vrai, Coline ?

Notre comptable, le directeur du personnel, De Mer, les autres trop anonymes et trop minces pour que l'on se risque à inscrire leurs noms ou à grandir leurs rôles, attendraient septembre pour revenir.

Les filles embauchées pour le seul mois d'août oublieraient leurs erreurs de caisse, les vols commis, l'ambiance étouffante des *Magasins*. Nos vendeuses allaient retrouver leur rayon, leur blouse, les clochettes pour appeler leur chef, du renfort, quand elles n'avaient plus de monnaie à rendre.

On enregistrerait, comme chaque année, un bond de la papeterie — rentrée des classes oblige — et on mettrait l'accent sur la mévente des hauts de maillots de bain pour femmes qui, même soldés, ne voulaient pas partir.

J'avais promis à Nina de l'attendre à la gare. « Si au moins tu savais conduire, m'avait-elle dit, tu aurais pris l'auto. »

Le train avait du retard.

J'avais pensé que nous aurions pu dîner tous les deux pour nous raconter nos quinze jours l'un sans l'autre.

J'aperçus enfin Nina sur le quai, d'assez loin : ma bonne vue a toujours épaté mes amis. Je me précipitai pour lui porter sa valise, son gros sac :

— Tu as fait bon voyage ?

— Fontainebleau-Paris, c'est pas le tour du monde.

Nina riait.

— Je pensais qu'Étienne serait venu avec toi. Tu as dû t'ennuyer ici, ce n'est pas gai ?

— Étienne sera à Paris le 2. Il vit un grand amour.

— On va dîner ? Je meurs de faim, Louis.

— Oui, dis-je, c'est une surprise.

Préférant ne pas perdre de temps à la station, nous avions trouvé un taxi à deux pas de la gare.

Le taxi s'arrêta devant chez nous. Je montai les affaires de Nina et donnai enfin l'adresse du restaurant au chauffeur :

— Rue Lamarck, Chez Max. Et plus près de Nina : « Tu verras, c'est très bon. »

— Mais n'est-ce pas là où t'a emmené Malair ? Ce n'est pas embêtant si on le rencontre ? Pourquoi avoir choisi celui-là, Louis ?

Nina n'avait pas aimé le restaurant de Bertrand et Bertrand n'était pas venu y dîner ce soir-là. Cela n'avait servi à rien, m'avait coûté très cher.

— C'est le prix du Fouquet's ! remarqua Nina ; tu es complètement fou, ce n'est qu'une gargote pour vieux habitués.

Dans le taxi du retour, je m'étais penché tout contre elle, lui avais déposé un baiser sur les yeux.

— On ne va pas se disputer pour ça ?

Ma Nina retrouva l'appartement tel qu'elle l'avait quitté. Je l'aidai à défaire sa valise pour ne pas créer de désordre inutilement.

— Demain c'est dimanche, Louis. On aura le temps de ranger.

— Il vaut mieux s'en débarrasser tout de suite.

Je me déshabillai et au moment de retirer ma montre :

— Qu'est-ce que c'est que cette montre ?

— Elle ne te plaît pas, Nina ?

— Elle est très jolie. Où as-tu mis l'autre que je t'avais offerte ?

— Dans le tiroir du bureau, je ne sais plus.

— Tu t'es fait un cadeau ?

— Non, c'est Bertrand. Je l'avais vue en vitrine.

— Aux *Magasins* ?

— Non, non, dans la rue. Bertrand est entré dans la boutique en vitesse et me l'a achetée.

— C'est gentil, j'espère que tu l'as remercié, me dit Nina.

Nina et moi nous détachions l'un de l'autre. De la même façon que nous nous étions toujours aimés sans pouvoir vraiment nous le dire, sans savoir très bien le formuler, cet amour s'estompait lentement. Je crus que c'était provisoire, comme ma vie d'alors, un malheur de septembre.

Septembre. En deux jours, les murs de Paris furent recouverts d'affiches. « je vais bien, je vais aux *Magasins* », disait la publicité. Bertrand avait consulté divers créateurs et concepteurs mais avait fini par retenir son slogan à lui, le premier qu'il avait trouvé. Il avait engagé beaucoup d'argent dans cette campagne. Il prétendait qu'on ne lui pardonnerait pas un échec. Il contrôlait, vérifiait, dirigeait tout. Il avait chargé Lingre et Belais de circuler une nuit entière dans la capitale pour s'assurer que les affiches avaient bien été collées. Paul et François s'étaient partagé les quartiers. Lingre dans sa Rover, Belais dans la Peugeot.

Nos petites réunions s'espaçaient. Bertrand continuait de prendre ses décisions tout seul mais, depuis quelque temps, à part Paul, François et moi, personne dans l'entreprise n'était plus tenu au courant. Il ne convoquait les employés des *Magasins* que séparément, pour un motif précis, une question urgente qui les regardait de droit. Pré pour ses comptes, Rousseau ses relevés. Il utilisait Doutre afin de me libérer de certaines tâches : remettre la liste de nos clients à jour, essayer d'obtenir auprès des grands journaux de meilleurs prix, de meilleurs délais pour le passage de nos annonces. Il envoyait Doutre dans quelques cinémas de Paris et de banlieue où était projeté pendant l'entracte un petit film promotionnel concernant les *Magasins* :

— Vous testerez les réactions du public, mon vieux.

Je n'avais plus aucun rapport avec mes collègues, Bertrand me l'avait interdit :

— Faites votre boulot, Louis, ignorez-les...

Il me réservait bien sûr un tout autre sort, m'emmenait avec lui dans la plupart de ses déjeuners. Nous nous faisions conduire par François. Si la personne à voir lui paraissait importante, Bertrand insistait pour que l'on monte derrière, laissant à François la place du chauffeur.

Au fur et à mesure que la campagne se développait, Bertrand se confiait à moi :

— Les bénéfices du mois de septembre ont doublé d'une année sur l'autre. Qu'est-ce que vous dites de ça ? Pour les fêtes de fin d'année, nous ferons mieux encore. Nous sommes en train de gagner notre pari, Louis.

Il avait dit « nous », m'associant à son succès. J'eus l'impression d'avoir dépassé Paul dans son estime ainsi que les espérances de Yette. Je comptais être en mesure d'exaucer bientôt les vœux de ma mère : lui payer des vacances.

Ma vie s'en trouva quelque peu changée.

Quand Étienne appelait au bureau, je faisais parfois répondre que je n'étais pas là, en rendez-vous à l'extérieur. J'avais déjà oublié qu'avant nous bavardions des heures, sans regarder nos montres.

Je n'avais pas abandonné mes parties de poker mais je jouais de façon moins régulière, cherchant souvent un remplaçant.

Je n'allais plus distraire les vendeuses qui devaient avant tout s'occuper de nos clients. Pas le temps de feuilleter l'album de mes timbres.

Je voyais moins ma mère. Christine lui disait que j'étais introuvable, en plein travail, et ma mère la croyait.

Nous ne pouvions plus sortir le soir, ou rarement. Je m'endormais devant la télé. Nina pensait que j'avais besoin de sommeil, de tranquillité, comme me l'aurait conseillé Yette, elle jugeait qu'à ce rythme-là, je ne tiendrais pas le coup :

— Si papa était là, il m'approuverait, Louis. Même le soir, ils te téléphonent. Au moins, tâche de te reposer, ce week-end.

Et le week-end, quand je descendais pour aller acheter mes journaux, jouer le tiercé, Lingre garait sa voiture devant notre porte, soi-disant par hasard, Bertrand à ses côtés. Ils me faisaient signe de les rejoindre. Je m'asseyais à l'arrière, près de Belais et nous étudiions les résultats de la semaine. La papeterie avait encore grimpé tandis que l'électroménager accusait une baisse.

Du lundi au vendredi, nous avions pris l'habitude de nous voir tous les quatre, très tôt le matin, vers huit heures, bien avant l'ouverture des portes, au bistrot en face des *Magasins*. François épluchait la presse, Paul était plongé dans des bilans, je beurrais nos tartines. Bertrand arrivait toujours le dernier si François ne l'avait pas conduit.

Nina fit leur connaissance dans ce même café. Je mangeais un plat du jour avec Bertrand et François. Elle passait dans le quartier de l'Opéra, et nous avait rejoints.

— Monsieur Malair, François Lingre. Ma femme, avais-je dit.

Ils s'étaient levés pour lui proposer leur chaise.

— Je vous dérange, je ne reste pas.

— Mais si, mais si.

Bertrand l'avait priée de boire le café avec nous.

— Alors comme ça, c'est vous la femme de Louis Coline. C'est curieux, je vous imaginais plutôt brune. Peut-être vous teignez-vous les cheveux, comme le vieux Foss ?

Nina accepta de sourire.

— Louis nous parle sans cesse de vous, reprit Bertrand. « Il faut que je le dise à Nina » (il m'imitait). « Que j'achète ça à Nina. » « Que je rentre pour ne pas froisser Nina. » Vous avez de la chance.

C'était faux. Je me rendais bien compte que Bertrand en rajoutait. Exprès pour séduire Nina, lui montrer qu'elle l'intéressait, qu'il savait ses activités :

— Vous promenez des enfants, n'est-ce pas ?

— Oui.

— Vous avez quel âge ?

— Vingt-neuf.

— Vous devriez en avoir des enfants. Après, il peut arriver n'importe quoi.

J'avais hâte de voir la fin de ce déjeuner, de ne plus respirer que l'odeur des *Magasins*.

— Dînons tous les quatre un soir, proposa François.

Et Nina crut bon de les inviter chez nous.

— Tu iras, toi, dit Bertrand à François. Moi, ça dépend de mon travail. Je ne peux pas vous confisquer votre Louis jour et nuit. Mais je viendrai pour le digestif.

Cela m'ennuyait. Étais-je allé chez eux, chez lui ? Quand ils me raccompagnaient, le soir, Bertrand et François m'avaient-ils proposé une fois, une seule fois, de passer à leur appartement, juste par amitié ? Jamais.

Je refuse la maladie. J'aurais préféré mourir plutôt que de me sentir diminué et affaibli, manquer un jour la rue, les cafés, les *Magasins*. Qu'il soit dimanche trop longtemps, une heure de plus. Rester alité à la maison avec Nina, la regarder partir faire son marché, ses courses :

— Qu'est-ce qui te ferait plaisir, Louis ? Que je te ramène ?

N'attendre que son retour, guetter les bruits de l'immeuble, de l'escalier, confondre le pas de Nina avec celui d'un voisin et puis enfin :

— Les enfants ont été insupportables, aujourd'hui. Ça va mieux, toi ?

— Non.

Bouder. Lui reprocher d'avoir oublié mes journaux, les piles du transistor. Recevoir un coup de fil de ses parents, la visite de Yette attendrie et effrayée :

— Pauvre petit ! Comme tu as maigri, mon Dieu ! Ah ! tu as voulu faire le malin, regarde dans quel état tu es ! J'espère que vous le soignez bien, Nina.

Yette n'avait pas confiance.

Seule ma mère, dans mon entourage, n'y croyait jamais :

— Tu as trente-neuf et alors ? Moi, ça ne m'aurait pas empêchée de passer mon numéro.

Sans doute grâce à son métier de comédienne, elle avait appris à contenir la maladie, à jouer par tous les temps.

Bertrand était exactement comme elle. Je lui avais téléphoné, ce matin-là, pour le prévenir :

— Vous êtes malade, Louis ? Eh bien, secouez-vous. François va venir vous chercher en voiture, comme ça vous n'attraperez pas froid.

— C'est déjà fait, mons... pardon, Bertrand. J'ai de la fièvre.

— Vous ne me ferez pas avaler ça, c'est une blague.

— Mais...

— Ne m'obligez pas à me fâcher, Coline. (Le ton avait monté, il s'était mis à me tutoyer dans sa colère.) Tu t'habilles et tu viens, maintenant. Ça ressemble à quoi, cette comédie ? Tu veux que je voie Doutre à ta place pour les spots radio !

Je remplis mon cartable de médicaments, exécutant les ordres malgré les protestations de Nina qui n'y comprenait rien.

— Tu as bien le droit de tomber malade, non ? Regarde la tête que tu as. Enfin, tu es assez grand. Couvre-toi !

— Ça va aller, dis-je, parce que j'adorais me faire plaindre.

Je mis un manteau chaud et Nina, de la chambre :

— Au moins, remettons ce dîner !

— Quel dîner ?

— C'est ce soir que Lingre et Malair...

Elle était revenue vers moi dans le couloir.

— C'est déjà assez dur de les avoir, Nina, on ne va pas les décommander.

— Tu as une bonne excuse tout de même. Apporte-leur le thermomètre, s'ils réclament des preuves.

Nous étions sur le palier, maintenant. Nina se coiffait lentement :

— Faisons ça demain, Louis, je t'assure. Et j'appellerai Étienne, de mon côté.

— Étienne ?

— On avait bien décidé de l'inviter le même soir, ça fait si longtemps...

— C'est une drôle d'idée d'inviter Étienne avec eux.

— Écoute, Louis, tu choisis ce que tu veux, me dit Nina excédée. Simplement, donne-moi une réponse pour savoir quoi acheter.

— On ne va pas les décommander, répétai-je.

Et je partis travailler.

Quand nous recevions des gens à dîner, Nina s'occupait de la cuisine et moi du couvert. Cela se passait déjà ainsi rue Boussingault avec ma mère. Si, à huit heures, la table n'était pas mise, ma mère me traitait de tous les noms, s'enfermait dans la salle de bains pour se laver les cheveux. Si j'osais entrer :

— Ils ne mangeront rien ou tout sera brûlé. Je ne sais même plus si j'ai éteint le feu.

J'essayais chaque fois de la raisonner, je lui disais que nos invités pourraient lui servir dans sa carrière.

— Je ne suis pas une bonniche, protestait-elle en relevant la tête, du shampooing dans les yeux qui commençaient à lui piquer.

— Fais attention…

— Tiens, je vais devenir aveugle. Comme ça, vous serez contents, toi et ta grand-mère.

Si Yette s'en mêlait, ma mère s'énervait de plus belle :

— Toi, va te coucher, on ne t'a rien demandé.

Yette retournait dans sa chambre en sanglotant, sortait une valise de son armoire, la jetait sur son lit et y fourrait quelques-uns de ses vêtements en vrac. Puis, elle m'appelait :

— Moi, je fous le camp, Louis. Et j'emmène cette petite bête avec moi, disait-elle en parlant du chien.

— Où vas-tu aller, Yette ?

— Est-ce que je sais, moi ? Peut-être bien à l'asile des vieux. Vous avez toujours voulu que j'y finisse, non ? Ça vous évitera de faire les papiers !

Ma mère, qui avait entendu un bout de notre conversation, nous rejoignait alors dans l'entrée, les cheveux encore mouillés, les yeux rouges :

— Eh bien, vas-y à l'asile ! Et attache le chien à un poteau sur le chemin !

Yette, alors, retirait son manteau et me disait tout bas :

— Il vaut mieux que je reste, mamour, elle a besoin de moi. Ce n'est pas très gentil de ta part,

Louis, de ne pas l'avoir aidée. Mets le couvert, maintenant, ne discute pas. File !

Ma mère et Yette s'embrassaient, regrettant tout ce qu'elles s'étaient dit tandis que leurs amis commençaient à arriver.

— Oh ! mon Dieu, c'était ce soir ?

Ma mère faisait semblant d'avoir oublié et Yette :

— Vous ne voulez pas inviter ma fille au restaurant ? Elle aurait tellement envie de sortir et de s'amuser. Sa vie n'est pas drôle, ici, entre moi, son fils et le chien. Remarquez, il est très intelligent, ce chien. Il comprend tout.

Ça marchait toujours. Yette et moi, nous restions à la maison, mangions à la cuisine le poulet et le riz de la veille.

— Tu crois qu'ils vont aimer ?

Nina avait acheté un repas froid. J'avais insisté pour qu'elle ne se complique pas la vie.

— Tu crois qu'il y a assez, Louis ?

Nina prévoyait très large, si bien que nous gâchions de la nourriture. À minuit, quand les invités étaient partis, je descendais dans un sac-poubelle la moitié de notre dîner.

Je lui rappelai que nous ne serions que quatre. Bertrand aurait déjà dîné.

— Tu as repris ta température, Louis ?

Étienne apporta des fleurs. Il arriva le premier, comme d'habitude :

— On est tous les trois ?

— Nina ne t'a pas dit, on attend les types des *Magasins*.

— Les amis de Louis, ajouta Nina.

François que j'avais quitté à six heures et demie m'avait promis d'être là tôt. Il téléphona juste avant de venir :

— Oui, c'est un peu gênant, Louis, mais mets-toi à ma place, je suis chez Paul. J'ai dû faire une gaffe, je lui ai dit qu'on allait chez toi. Je pensais que tu l'avais mis au courant. Ça te pose un problème si je l'amène ?

— Pas du tout, dis-je.

— Tu es très chic, Louis. Je te rassure tout de suite. Sa femme a du repassage.

Et il raccrocha.

— Ils sont combien comme ça ? me demanda Étienne.

— Trois.

— Quatre avec toi, précisa ma femme.

On passa à table à neuf heures.

— Tu es sûr que Bertrand aura dîné ?

— Je te le jure, me répondit François. Ça a l'air très bon. On va se régaler, Paul et moi.

Paul opina du chef avant de se tourner vers Nina

— Vous avez acheté ça chez l'Italien. Vous avez eu raison.

« Au moins avec lui, on ne risque pas de s'empoisonner. Il y a un tel débit !

— Ne croyez pas ça, plaisanta Étienne. Vous connaissez le surnom de votre Italien : Choléra ! Je n'invente rien. Moi, à tout prendre, je choisis mes congelés.

— Il est très drôle, conclut François.

Il avait introduit dans ces trois mots l'ironie nécessaire pour que je comprenne qu'Étienne lui déplaisait.

— C'est ton ami, ce type-là ? questionna-t-il plus tard parce qu'il me donnait un coup de main dans la cuisine.

— Depuis dix ans, oui.

— Il a vraiment l'air d'un con. Excuse-moi, mais autant être franc.

Je n'avais pas osé défendre Étienne devant lui.

— Qu'est-ce qu'il t'a apporté, jusqu'à présent, ce grand échalas ? À part des fleurs pour ta femme ?

J'ouvris la porte à Bertrand vers onze heures

— Vous me donnez votre manteau, Bertrand...

— Oui, je veux bien. On dirait que ça va mieux, cette grippe. (Il enleva son loden.) On va le poser sur votre lit. (Il entra dans notre chambre comme si mon appartement ne lui était pas étranger.) François m'a décrit cet endroit si fidèlement, je ne peux pas me tromper.

La soirée se prolongea assez tard. Nina et Étienne parlaient dans leur coin, nous dans le nôtre. Des *Magasins*, bien sûr. Et Bertrand, soudain, toujours impassible car rien n'avait transparu dans son comportement :

— Vous savez que Foss est mort, cet après-midi ?

— Il est mort ?

— Oui, Louis. J'ai dû aller voir sa veuve.

— C'était ça ton dîner ? demanda François qui fut aussitôt prié de se taire.

— Pauvre Mme Foss ! Incroyable, ce qu'elle m'a dit. Que c'était bien comme ça. Qu'elle lui avait promis de ne pas mourir avant lui. Ensuite, elle m'a entraîné dans son boudoir, m'a montré son armoire à pharmacie. Impressionnant. Il n'y avait pas un seul médicament. Que des pots, remplis d'herbes.

— Tu as entendu, Nina, Foss est mort.

Je compris que cela ne l'intéressait pas.

— Son cancer ? fit-elle.

— Que voulez-vous que ce soit ? Les oreillons ? lui répondit Bertrand.

Elle ne l'avait pas volé.

Belais demanda si la date de l'enterrement avait été fixée et Bertrand nous apprit que ce n'était pas simple. Des tas de gens s'étaient mis à mourir, brutalement, les uns à la suite des autres.

— On le saura demain.

Je dormis peu, cette nuit-là. Nina, si loin de moi, avait cessé de me disputer les draps ou les couvertures. Elle m'avait souhaité une bonne nuit, pourtant :

— Et mets ta main devant ta bouche quand tu tousses !

Pas un mot sur eux.

Étienne était parti sur la pointe des pieds :

— Je crois qu'elle dort, tu l'embrasses pour moi.

— Étienne !

Je l'avais rattrapé dans l'escalier.

— Tu ne le trouves pas fascinant, Malair ?
— Il a l'air très amical, pour un patron.

J'étais devenu jaloux des autres, de Paul et de François. Bien sûr, Bertrand me regardait avec la même affection, mais c'est avec eux qu'il rentrait consulter les dossiers, préparer son travail. Pour la première fois, j'imaginai une vie sans Nina. Comme l'on rêve, enfant, d'être transformé en une petite souris pour assister à un conseil de classe. J'aurais aimé repartir à zéro. L'affaire d'une ou deux heures.

J'aurais accepté, s'il l'avait fallu, de me faire refaire le visage par un bon spécialiste. Et Bertrand m'aurait rencontré une nouvelle fois dans mon bureau des *Magasins* : « Je vous ai posé une question, monsieur Coline. C'est quoi, ce matériel ? Tout ça ? »

Il n'aurait jamais dit « tout ça ». Je me serais débrouillé pour ne rien posséder, rien de très important.

Je voyais Bertrand partout. Je me souviens de mes soirées sans eux, sans le moindre petit coup de téléphone ni la vague promesse de se retrouver quelque part. J'obligeais Nina à sortir. Nous faisions les restaurants, les bars d'hôtels où ils avaient coutume d'aller, où je croyais qu'il m'attendait.

— Ce n'est pas lui, de dos ? m'écriais-je.

J'envoyais Nina aux toilettes pour qu'elle passe devant ces faux Bertrand. Nous étions convenus d'un signe entre nous. Si c'était lui, elle tapait assez fort dans ses mains et j'arrivais en courant. Mais ce n'était jamais lui. Il décidait seul de nos éventuelles retrouvailles. Alors, je parlais de Bertrand à Nina, je lui disais nos discussions de travail, comment il s'était payé la tête de tel ou tel concurrent dangereux, l'avait mis dans sa poche. Rien ni personne ne semblait l'effrayer.

— Les magasins qui vendent à bas prix, je leur crache dessus, disait-il. Qu'est-ce qu'ils veulent, enfin ? Casser le marché ! Je les casserai avant.

Il imaginait pouvoir faire de nos *Magasins* un Harrod's français où les clients accepteraient de payer un peu plus cher qu'ailleurs. À cause de la mode ou du prestige. Je savais bien qu'il rêvait un peu. Il pensait sérieusement publier un ouvrage écrit sous sa direction. Une sorte de guide des magasins de France et d'Europe. Il aurait décerné lui-même des étoiles à chaque magasin. Nous en aurions obtenu cinq d'après ce qu'il disait.

Le jour de l'enterrement de Foss, Bertrand était passé à la télévision.

— Ce n'est pas la première fois, me fit observer Lingre, un peu fier.

Nous n'avions pas de service de presse aux *Magasins*, encore une économie du vieux Foss. Un journaliste avait joint directement Bertrand au téléphone pour l'inviter aux actualités de treize heures. On lui demandait de tracer un portrait de William Foss, pendant trois ou quatre minutes, de définir en même temps les principales étapes de sa carrière.

Ce petit événement provoqua une vraie révolution. François et moi avions convaincu Bertrand de s'acheter de nouveaux vêtements. Je me rappelle qu'au début il n'entendait rien à nos conseils :

— Prêtez-moi les vôtres, me disait-il.

Mais nous n'avions pas la même taille et, finalement, il se décida. Nous avions attendu la fermeture des portes aux *Magasins*, Bertrand ne voulait pas faire ça en plein jour, devant le personnel. Nous étions montés au rayon habillement. Bertrand avait choisi un costume d'un bleu très sombre, jugeant qu'il lui servirait aussi pour l'enterrement.

Son passage aux actualités fut une merveille du genre. Il réussit dans une si courte intervention à prononcer six fois le nom des *Magasins*, à préciser quatre fois l'adresse exacte. Il était revenu satisfait de sa prestation. François avait eu de la chance de pouvoir garer la Rover devant les studios de la télévision. Il ne fallait pas perdre de temps : nous ne disposions que d'une demi-heure de battement entre l'émission et la cérémonie à la mémoire de Foss.

Nous arrivâmes au temple les derniers, Foss était protestant. Belais nous avait réservé trois chaises sans difficulté : personne ne se serait assis à côté de lui.

Tous les employés du vieux Foss étaient présents. Très peu de famille. À part sa femme et quelques cousins, Foss n'en possédait pas. Seules quelques connaissances, des relations, d'autres patrons, comme lui, et puis des visages inconnus, nos dirigeants, sans doute, avec lesquels Bertrand n'avait de rendez-vous que tête à tête.

Quand on nous vit entrer tous les trois, moi avec eux, je sentis bien ces regards se poser sur moi. Que croyaient-ils ces nains, ces cadres à quatre cents points ? Que je couchais avec mon directeur, peut-être ? Comment empêcher leurs chuchotements ?

Dans le passé de Bertrand, on avait creusé tellement de trous, fait tellement de places, qu'il y en avait une, forcément, pour les garçons. Référence : Gérard Doutre, dans notre bureau, le 6 mai dernier :

— Il y a des photos d'enfants, chez lui, des petits garçons. Vous, vous ne courez aucun danger, Coline, vous êtes trop vieux.

— Vous y êtes allé, chez lui ?

— Il ne manquerait plus que ça ! s'était-il exclamé.

— Alors, qui vous l'a dit, comment le savez-vous ?

Mon chef de service avait ses sources.

Je m'étais mis à rire. J'aurais probablement ri encore plus fort si nous n'avions pas enterré Foss. Qu'ils me croient son amant, son lèche-bottes, un vulgaire arriviste, qu'est-ce que ça pouvait bien me faire ? Moi, j'avais Nina. Même absente ou détachée, Nina existait. J'avais des témoins pour prouver que nous habitions ensemble. Ma mère et Yette étaient fières de moi, aujourd'hui. Ma vie ou celle de Bertrand valait mieux que celle de ces gens de couloir. Qu'étaient-ils à part un nom sur une liste des téléphones ? De la foule dans un temple, bons à serrer la main d'une veuve.

Les *Magasins* étaient restés fermés une partie de l'après-midi, le temps de la cérémonie religieuse. Bertrand me proposa de rattraper ces heures de travail un samedi matin. Cela tombait mal, avec le pont du 1er novembre. Robert et Mathilde venaient pour les trois jours.

— Je n'ai rien dit, Louis, fit Bertrand. Vous n'êtes pas obligé d'accepter.

Je résistai pour mes beaux-parents, pour Nina aussi. C'était la première fois.

Le soir, chez nous, je le racontai à Nina

— Tu vois, il a très bien compris. Il ne m'en voudra pas.

— Est-ce que je t'en veux, moi ?
— Je n'ai rien fait.
— Ils comptent plus que moi, n'est-ce pas ?
— Ne dis pas de bêtises, Nina, je t'aime.
— C'est toi, Louis, qui ne sais plus ce que tu dis, ce que tu fais. Ils t'attirent pourquoi ? Le pouvoir ? L'argent ?
— Nina...
— Où va-t-on ce soir ? Encore Chez Max ou chez le Russe de la rue du Boccador, si tu préfères ? Et tu attendras dans la voiture. J'irai, moi, en éclaireur. Ce n'est pas la peine de dépenser deux cents francs s'ils n'y sont pas.
— Arrête !
— Je m'en irai, Louis. Si c'est ça qu'ils cherchent, je m'en irai.
— Je deviendrai fou sans toi.
— Plus maintenant, Louis. Regarde-moi bien, ne mens pas.

Je voulus l'embrasser, la caresser pour la détromper mais Nina se réfugia dans un livre et cessa de me parler.

Bien sûr, Robert et Mathilde ne devaient rien savoir. Comme Yette et ma mère, nous avions toujours su les épargner. Devant eux, nous nous aimions plus fort que jamais. Ce week-end de la Toussaint, si factice qu'il fut, demeure un bon souvenir. Apparemment, tout allait très bien.

— Vous êtes en pleine forme, les enfants.

J'avais eu Yette au téléphone, de mon côté. Elle comprit volontiers que je récupérais des heures perdues aux *Magasins*. Ma mère tournait un bout de scène à Boulogne, une production franco-italienne :

— Dès qu'elle leur a montré son passeport

italien et sa carte de résidente privilégiée, ils l'ont engagée. Tu vois à quoi ça tient le cinéma, mamour, me dit Yette.

— Et toi ?

— Ça ne va pas mal.

— Le chien ?

— Il s'ennuie de sa patronne, tu penses bien, et de toi. Mais tu viendras la semaine prochaine, hein, Louis ?

Les semaines et les mois passaient. Je ne m'apercevais de rien. Quand il le fallait, Lingre ranimait ma jalousie, réveillait ma curiosité.

— Sois très gentil avec Bertrand, me demandait-il.

— Il a des soucis, des ennuis ?

— Pas vraiment, mais il est très fatigué, très énervé en ce moment. La campagne des fêtes de fin d'année ne va rien arranger. Il a tout misé là-dessus.

— Il t'en a parlé ?

— Il me dit tout à moi, me répondait François.

Je ne voyais plus Michel que pour nos pokers improvisés au dernier instant. Et quand je rentrais rue Clerc, chez nous :

— Nina ! Tu dors ?

J'étais le premier. Le lit n'était pas défait, je cherchais Nina dans tout l'appartement comme si elle s'était cachée. Je prenais le Bottin, appelais différentes boîtes de nuit et discothèques :

— Nous ne l'avons pas vue, disait la dame du vestiaire.

Je commençais à prendre peur quand elle revenait enfin.

Une autre Nina qui s'étonnait :

— Pourquoi ne t'es-tu pas couché ?

— J'étais inquiet, Nina.

— Oh ! dis, je t'en prie. Je ne te suis pas dans tes pokers, moi.

— Tu étais sortie avec Étienne ? Sophie ?

— Eh non, pas ce soir.

Elle s'amusait.

Je n'avais pas envie de savoir.

Les fêtes de Noël oubliées, mon père, comme chaque année, m'avait envoyé un chèque en dollars, Nina et moi nous étions partagé les réveillons entre sa famille et la mienne. Les *Magasins* entamaient, selon Bertrand, leur semestre décisif.

Un soir, Bertrand revint à la maison, chez nous, à l'improviste. François près de lui sur le palier. Nina n'avait pas fini de se démaquiller, le film n'était pas bon, un western.

On avait sonné sans insistance :

— Tu ouvres, Louis ?

Il devait être onze heures.

— Bonsoir, me dit Bertrand.

C'était bien lui, si tard. François semblait se cacher derrière notre patron comme s'il ne voulait pas qu'on le remarque.

— Quelque chose de grave ? demandai-je.

— Mon appartement est en travaux, m'apprit Bertrand, sur un ton d'excuse, presque gêné.

Je les fis entrer par le couloir pour gagner le living, n'oubliant pas de fermer la porte de la salle de bains où se trouvait Nina.

— Qui c'est, Louis ?

Je répondis à ma femme que ce n'était rien, qu'elle nous laisse tranquilles.

François accrocha le manteau de Bertrand dans la penderie et Bertrand :

— Rendez-moi un service, Louis. J'aimerais pouvoir coucher chez vous quelque temps. Je vous ai prévenu, mon appartement est devenu inhabitable. L'hôtel, vous savez ce que c'est, on ne se sent pas chez soi.

Il fit claquer ses doigts comme il en avait l'habitude devant sa secrétaire en réunion et François nous faussa compagnie.

— Il va revenir, continua Bertrand.

Il marqua un temps d'arrêt, le temps de s'asseoir, de souffler un peu et puis :

— J'aurais pu aller chez lui, je me doute bien de ce que vous pensez. Mais c'est pire qu'un studio, une chambre de bonne qui appartient à sa mère. On aurait fait des réflexions dans l'immeuble.

— Nous n'avons rien préparé, dis-je. Si au moins, vous m'en aviez parlé plus tôt, aux *Magasins*...

— Je ne pensais pas à ça aux *Magasins*, Louis. Maintenant, si vous refusez de m'héberger à cause de votre femme ou de vos voisins, je suis prêt à comprendre. Je ne vous punirai pas.

Nina, qui avait reconnu sa voix, avait enfilé un peignoir et nous avait rejoints :

— Il est arrivé quelque chose, Louis ?

— Rien d'important mais je crois que Bertrand va être obligé de dormir ici, ce soir.

— C'est seulement pour me dépanner, essaya de lui expliquer Bertrand.

Il n'avait pas quitté son siège, il ne lui demandait pas comment elle allait.

— Ici ? s'écria Nina. C'est une plaisanterie ? Et il couchera où ? Nous n'avons qu'un lit.

— On va s'arranger, repris-je. Nous donnons notre chambre à Bertrand et nous, on se fera un lit sur les coussins.

— Vous êtes jeunes, ajouta Bertrand, ça ne peut vous faire que du bien.

Nina disparut à son tour, s'enfermant dans la salle de bains.

Bertrand me conseilla d'aller la voir, de la calmer

— Et je vous le répète, Louis, si ça doit vous poser un problème quelconque, je pars.

Nina avait laissé couler de l'eau pour qu'on ne l'entende pas parler seule.

— Tu es fou ou quoi ?

— Mais enfin, je ne vais pas lui dire non.

Elle me rappela à voix basse qu'à part Étienne, personne n'avait jamais couché chez nous. Et encore, Étienne dormait sur les coussins, lui, dans son espèce de niche. Je la suppliai malgré tout de ne rien gâcher.

— Tu te rends compte de ce que ça signifie pour moi, pour nous ? Quel témoignage de confiance de sa part ! Une nuit, Nina. Qu'est-ce que l'on risque ? Demain, je t'assure, on se débrouillera autrement. Mais je veux qu'il n'oublie pas, qu'il garde un bon souvenir de notre accueil.

— Une nuit, Louis. Une seule nuit, tu le jures ?

De retour dans le living, je m'aperçus que Bertrand s'était éclipsé. Avait-il surpris notre conversation ? S'était-il enfui ?

— Je suis là !

Il m'appelait de la cuisine.

— Je me suis permis d'ouvrir le gaz, de me faire cuire deux œufs. J'ai travaillé jusqu'à maintenant... Une petite faim.

— Vous avez eu raison, je vais vous sortir les couverts.

— C'est déjà fait, Louis, ne vous occupez pas de moi. Tiens (il consulta sa montre), François n'est pas encore remonté !

François, justement, venait d'arriver. Il portait une petite valise :

— Ce sont les affaires de Bertrand. Je mets ça où ?

— On va les ranger dans la chambre. Je vais dire à Nina de se dépêcher un peu.

J'aidai Nina à sortir de nouveaux draps pour Bertrand et à plier les autres pour nous.

— Écoute, il n'y a pas de quoi en faire un drame. Bertrand est mon ami, après tout.

Nina ne disait rien, semblant m'approuver, à présent.

Je remarquai, dans la cuisine, que François avait déjà lavé la poêle, rincé l'assiette et les couverts utilisés.

— Tu ne manges pas, toi, François ?

— Non, tu es gentil. Je meurs de sommeil.

— Tu vas rentrer, c'est vrai que tu n'habites pas très loin...

— Oh ! non, m'interrompit François, ce n'est pas la peine. Je vais m'installer mon coin à moi dans la chambre où dort Bertrand. Par terre. Ce sera au poil.

— Et demain matin, comment va-t-on faire ?

— On ne vous réveillera pas, Louis, sois tranquille. On se lève toujours très tôt.

Nous étions restés peu de temps réunis tous les

quatre dans le living. Rien à nous dire. Très vite, Bertrand et François se retirèrent. Sur la pointe des pieds :

— Bonne nuit, les amoureux, fit Bertrand.

Et François ne put s'empêcher de rire.

— Je ne vous montre pas la salle de bains, les toilettes...

— C'est inutile, on se lavera chez lui, me précisa Bertrand, tout en donnant un petit coup de pied à François pour le faire avancer.

La scène n'avait pas dépassé quarante-cinq minutes. En moins d'une heure, ils étaient entrés chez nous. Je ne voulais voir que le bon côté de la situation. C'est vrai que cela pouvait paraître absurde de loger dans de telles conditions le directeur général des *Magasins* de l'avenue de l'Opéra. Peut-être Bertrand avait-il éprouvé le besoin de me tester comme il testait nos vendeurs ? Peut-être avait-il choisi d'exciter Belais ?

Je sus, plus tard, quand je connus enfin l'appartement de l'avenue d'Eylau, ses pièces condamnées et ses tissus pourris, que Bertrand n'y avait jamais entrepris de travaux, d'aucune sorte.

Nina finit par trouver le sommeil. J'avais essayé de lui parler, de l'embrasser à plusieurs reprises :

— Tu dors ?

— Quoi ?

— Demain, ils s'en iront, Nina, ne fais pas la tête.

Elle m'avait souri, un peu à contrecœur, comme si elle se moquait d'un fou. Elle avait fait semblant de ne pas comprendre que François couchait là, lui aussi.

— Nina !

— Dors, Louis, demain tu travailles.

Je m'étais levé dans la nuit. Chercher ma bouteille d'eau, sucer un bonbon au miel en souvenir de Foss. Je vis, par la porte de notre chambre, que leur lumière était restée allumée. Je pensai que cela nous coûterait cher en électricité. Peut-être Bertrand nous dédommagerait-il ?

J'entendis du bruit. Des murmures, des froissements de papiers. Travaillaient-ils toute la nuit comme ça ? À quoi ? Cela expliquerait leur nombre de cafés avalés, leurs mines et leurs teints jaunes. Leurs vêtements aussi chiffonnés que leurs visages. Avaient-ils emporté des pyjamas ou demeuraient-ils tout habillés ? Cette mallette leur était-elle commune ?

Je ne les vis pas quitter l'appartement. Leur départ correspondit sans doute à l'heure à laquelle je m'endormis enfin. Je trouvai simplement un mot, en me réveillant, dans la cuisine, de l'écriture de François.

> « Merci pour tout. Nous avons tiré le lit et ouvert les volets. Surtout ne parlez pas de ça à vos collègues. Cela ne serait pas bon. À huit heures. Au bistrot. Comme d'habitude. Votre ami.
>
> *Bertrand Malair.* »

Il ne s'excusait pas auprès de Nina pour le dérangement. Je déchirai la lettre, décidant d'en inventer une autre à l'intention de ma femme.

Je me rendis dans la chambre où tout semblait

en ordre, remarquai que Bertrand avait oublié sa petite valise. J'essayai de l'ouvrir par tous les moyens. Impossible. Je la soupesai, la fis balancer de droite à gauche pour imaginer ce qu'elle pouvait bien contenir. Rien apparemment, elle était si légère qu'elle pouvait ne rien contenir du tout.

J'attendais, au réveil de Nina, des menaces ou des cris. « Ils sont partis, Louis ? »

Ou bien je craignais que le silence ne se prolonge indéfiniment. Nous nous parlions très peu le matin, Nina et moi. Nous avions notre tour de salle de bains, notre arrêt cuisine et puis ses interminables séances de : « Qu'est-ce que je vais mettre, je n'ai rien à me mettre », qui me rappelaient ma mère, plantée devant ses placards pleins de vêtements démodés dont elle avait un peu honte.

Mais Nina, quand elle comprit que Bertrand et François étaient vraiment partis, se montra particulièrement douce et gentille.

— Tu as vu comme ils ont bien rangé, lui dis-je.

Elle reconnut que c'était vrai, se prépara du thé dans la cuisine.

— Il reste du pain d'épices, Louis ?

— Peut-être pas. Tu veux que j'y aille ?

Mais il était près de huit heures, je ne pouvais me permettre d'être en retard. Je cachai la mallette de Bertrand pour qu'elle ne la découvre pas pendant mon absence.

— Je n'aurai pas le temps, Nina.

— C'est rien, ne les fais pas attendre.

Je l'embrassai sur la bouche et sur les mains et elle :

— On dirait un chien, je t'assure, Louis, tu ressembles à un petit chien.

J'arrivai au café de la rue Danièle-Casanova un peu après huit heures. Belais y lisait son journal :

— Bertrand et François sont passés en coup de vent, Bertrand voyait le directeur de la gestion, ce matin. Ça va, Louis ?

Je dus partager mon petit déjeuner avec Paul sans rien lui dire. Je ne pouvais deviner que Bertrand l'avait mis au courant. C'est en nous séparant, dans l'escalier du personnel, que Paul :

— Ça marche, ton hôtel ?

Je faillis lui répondre que s'il avait voulu venir, cela se serait organisé facilement, histoire de lui paraître sympathique, mais De Mer, qui sortait des toilettes, me contraignit à me taire. Je compris qu'ils comptaient rester chez nous une semaine. Lingre, un peu plus tard dans la matinée, fit une vague allusion aux travaux de l'avenue d'Eylau :

— Cinq petits jours, estima-t-il.

Je n'osai lui exprimer ma surprise, me contentant de sourire stupidement.

Le soir, nous ne dînions pas ensemble. Bertrand et François venaient toujours après avoir mangé, vers onze heures. Nous bavardions longtemps dans le living, parfois en compagnie de Paul.

Je perdis Nina le troisième soir. J'avais décommandé une partie de cartes pour ne pas manquer leur arrivée. Nina devait faire quelque chose, je ne sais plus quoi, un cinéma avec Étienne, une boîte avec Sophie. Je sentis très vite qu'elle ne rentrerait pas.

Bertrand et François, bouclés dans notre chambre devenue la leur, je m'étais mis à attendre Nina sur les coussins, tremblant légèrement comme si j'avais froid, incapable de lire, même une revue. Jusque-là, j'avais refusé de croire, vraiment, qu'elle aurait pu me quitter, vivre ailleurs et sans moi. Vers quatre heures, j'appelai Étienne au téléphone :

— ... Sur une affaire, Louis, je ne suis pas seul...

— Étienne, c'est important.

— Quoi ? Nina ?

Il avait réagi trop vite : était-ce donc si clair ? Mais non, il ne comprenait pas, ne l'avait pas vue de la soirée, non, il y avait cette fille dans son lit qui l'empêchait de me parler plus longtemps.

Nina n'était pas sortie avec Sophie non plus que je réveillai quelques minutes après :

— Quelque chose de grave ? Quoi ? Ne me dis pas que Michel a tout flambé au poker !

Je me souvins que Michel devait jouer en effet notre partie, et je raccrochai en m'excusant, invoquant une insomnie.

— Embrasse Nina, me dit Sophie.

Impossible de lui avouer, de me l'avouer à moi-même, que Nina ne me chuchoterait plus jamais ses : « je suis là ».

François, sans doute dérangé par les bruits du téléphone, était venu s'asseoir près de moi :

— Bertrand s'est assoupi. Tu peux parler. Qu'y a-t-il ? Ta femme ?

C'est curieux, il avait l'air chagriné lui aussi :

— C'est pas de notre faute, quand même ?

Il me promit que je pourrais compter sur lui, que personne ne serait mis au courant et :

— Mais enfin, Louis, une nuit, ce n'est pas toute une vie. Elle est peut-être allée rejoindre quelqu'un, après tout...

— Tais-toi !

— Elle reviendra au matin et tout sera oublié, Louis. Tu ne vas pas te mettre dans un état pareil pour une nuit ?

— C'est la première fois, dis-je à François, ce n'est pas son genre. Nina ne reviendra pas.

François fit semblant de se mettre en colère contre elle :

— Elle n'a pas le droit de te faire ça !

Il trichait, jouait faux, traçait de moi un portrait exemplaire, rappelant mon âge, ma situation, mon humour :

— On ne quitte pas quelqu'un comme toi, Louis !

Il savait bien que si. Je n'avais rien d'admirable. Aussi pitoyable que lui.

Nous étions devenus deux frères jumeaux qui nous tenions la main, nous pinçant parfois un bout de peau pour nous prouver l'un à l'autre que nous n'étions pas en train de rêver. Nous avions perdu le droit au rêve.

À six heures, Bertrand nous retrouva dans le living près de la lumière : les jours se lèvent tard en janvier.

— Et votre femme ? me demanda Bertrand.

Je lui annonçai moi-même que Nina n'était plus là.

— Ça vous ennuie beaucoup ? fit Bertrand

comme pour se renseigner et moduler son comportement selon ma réponse.

François préparait le café dans la cuisine, je parlai à Bertrand de ma rencontre avec Nina, nos premiers jours, quand nous mangions nos cheveux. Et lui, comme s'il avait voulu m'aider, me révéla :

— Moi, c'est drôle, mais ça ne me fait plus rien. Vous voyez, j'ai appris à passer à côté ou au travers de ces trucs-là, ces sentiments. Ça finit toujours assez mal. Vous ne croyez pas ?

— On souffre un peu, c'est sûr, murmurai-je.

— Souffrir ? Moi, je souffre quand j'ai mal aux dents. Ce n'est pas la peine de pleurer comme une poule mouillée, Louis. Elle n'est peut-être pas partie de manière définitive.

— Si.

— Eh bien, nous sommes là, moi et François. Que voulez-vous que je vous dise de plus ? Vous resterez avec nous. Ce n'est pas le principal ?

Je le remerciai, lui disant qu'il avait été très chic.

Bien sûr, je n'avais fait que des suppositions. Pourquoi avoir décidé tout seul que Nina m'avait quitté pour toujours ? Elle n'avait rien laissé entendre, rien indiqué. À neuf heures, elle s'était sauvée avec son sac rouge et son imper :

— Prends plutôt un manteau, tu vas avoir froid.

Je n'allais pas garder ses vêtements comme Yette avait gardé les miens. Toute ma vie, pour la faire revenir. Nina passera les chercher et nous parlerons. Je lui dirai que je l'aime. Et tous nos mots d'avant, en vrac, sans ordre.

« Louis,

Tu as changé de vie, de mots ; ta manière de m'aimer et d'être près de moi est différente aussi. J'ignore ce que représentent ces gens pour toi, mais tu vois, je leur tire mon chapeau, car ils ont gagné. On ne se dira plus rien. Jamais.

Je te fais cadeau de mes affaires. À ta place, je m'en débarrasserais sans attendre. Les souvenirs, tu sais... Et puis, tu gagneras de la place dans les armoires. Vends-les, demande à ta grand-mère de les donner à quelqu'un.

J'ai préféré t'écrire car, en face de toi, les mots ne seraient pas venus si vite. Tu me fais peur, Louis.

Un autre conseil : ne recommence pas à m'aimer, maintenant que je suis partie. Moi, j'ai fini de t'aimer et je ne te veux aucun mal. N'essaie pas de me rattraper, tu y perdrais ton temps et, sans doute, ton travail car on ne te le pardonnerait pas. Tu es sur de bons rails, question boulot, n'en sors pas.

Je sais bien que tu réussiras à te procurer mon adresse. C'est facile, je vais chez mes parents à Fontainebleau. Autant te le dire tout de suite. Mais, je t'en prie, ne viens pas, ne téléphone pas. Ne m'écris pas, non plus, je ne lirai pas tes lettres. Je veux apprendre une autre vie. Je ne te quitte pas pour quelqu'un mais parce que tu n'es plus personne. Je t'embrasse.

*Nina*

*P.S.* Si les parents des enfants que je promenais appellent, dis-leur que j'ai arrêté pour le moment. Excuse-moi auprès d'eux. Trouve deux phrases. Je te remercie. »

Je reçus cette lettre de Nina, le matin même. Elle avait dû la déposer chez notre concierge.

— Ça ne va pas, monsieur Coline ?

Je la lus et la relus pour rien. Si cela avait servi à quelque chose, à l'effacer complètement, j'aurais accepté de la déchirer en mille morceaux et de la manger consciencieusement, petit bout par petit bout.

Pendant les quelques jours qui suivirent le départ de Nina, Bertrand et François n'allaient pas m'abandonner. Ils m'entouraient, me serraient dans leurs bras sans raison, m'emmenaient dîner dans des restaurants hors de prix. Ils m'avaient rendu mon lit, ma chambre. Bertrand était rentré habiter chez lui ; seul François dormait encore à la maison, sur les coussins du living :

— Je dois rester avec toi, tu en as besoin.

Je n'oublierai pas ces preuves d'amitié, cette chaleur, toujours le mot juste :

— C'est dans le travail que vous sauverez votre peau, Louis.

Quand je manifestais l'envie de téléphoner à Nina, de la joindre chez ses parents, François m'en empêchait :

— Elle n'en vaut pas la peine, me soufflait-il.

Il avait raison, c'était mieux comme ça.

Étienne m'appela plusieurs fois à mon bureau. Il ne trouvait que des phrases déjà prononcées ailleurs dans des situations similaires, des répliques. Il me proposa gentiment de partager son appartement quelque temps :

— Le temps de te remettre, Louis.

— Je me remets tout seul, je te remercie.

J'avais dû lui paraître froid et sec. Étienne me rappelait trop Nina. Je n'aime ni les pèlerinages ni les anniversaires.

Je n'avais pas parlé à Michel et Sophie, non plus. Bertrand et François se chargeaient si bien de remplir mes journées qu'ils ne me laissaient m'apercevoir de rien.

Aux *Magasins*, ils m'avaient recommandé surtout de dissimuler aux autres cette perte plus grave qu'une perte de jeu :

— Vous n'allez pas vous confier à un Doutre ou à un De Mer, Louis ! Si on vous demande quelque chose, souriez, répondez que tout va bien et s'ils insistent, racontez-leur une blague, que vous êtes content d'avoir touché le tiercé. Ça les emmerdera d'autant plus.

Restaient Yette et ma mère. Je sais bien qu'elles ne s'étaient jamais tellement préoccupées de ma femme, j'aurais pu éviter de tout leur dire, mais un soir que Bertrand et François dînaient avec leur ami médecin, je décidai de passer rue Boussingault.

Yette n'allait pas bien. Ma mère me l'avait caché, ce n'était peut-être pas bien sérieux, mais Yette dormait toute la journée, debout ou assise, ne reconnaissait plus grand monde à part son chien. Ma mère m'apprit qu'elle avait chassé Odette de la maison. Yette, dans un accès de folie, s'était réveillée en sursaut dans le salon et avait dit à Odette tout le mal qu'elle pensait d'elle. Odette ne s'était pas gênée pour lui répondre : « On m'exploite, ici ! avait-elle hurlé. Vous êtes deux femmes méchantes, montées l'une contre l'autre et contre moi. Vous n'aimez que vous-mêmes et je vous déteste ! »

Ma mère avait mis Odette à la porte :

— Tu penses, Louis, avec tout ce qu'on lui a donné, nos robes, notre affection, tout !

— Elle n'était pas payée, objectai-je.

— Parce qu'en plus, tu aurais voulu que je la paye, cette *strega* !

Il n'y avait rien à manger rue Boussingault.

— Je ne pouvais pas prévoir, me dit ma mère. De toute façon, j'achète le minimum de choses en ce moment. Quand je lis dans ma chambre, ou que je regarde la télé, Yette file en douce dans la cuisine, vide le frigo et jette tout à la poubelle. Maman ne va pas bien, Louis.

— Je peux aller la voir ?

— Si tu veux, fais doucement.

Yette était déjà couchée. Je me mis à genoux au pied de son lit et la regardai quelques minutes. Elle semblait dormir, si maigre, si calme.

Elle releva la tête d'un coup :

— Qu'est-ce que vous faites là, monsieur ?

— Yette, c'est moi...

— Oh, mon Jean, mon Jeannot, excuse-moi. C'est la faute de la petite. (Elle voulait dire, ma mère.) Elle me bourre de médicaments pour m'abrutir et pour que je lui foute la paix.

Elle me prenait pour mon grand-père. Jean demeurait la seule personne avec qui elle avait envie de correspondre. Je ne comptais pratiquement plus. Je l'avais délaissée ces derniers temps, pas assez de visites, elle me faisait payer ma légèreté à son égard en m'ignorant complètement.

— Tu ne t'ennuies pas, Jeannot ?

Je ne savais quoi lui répondre...

— Ne me dis rien, fit-elle. J'ai mes torts, moi aussi. La dernière fois que je suis venue te voir au cimetière, c'était quand, mon Dieu? Aide-moi, Jeannot!

— Il y a un an, risquai-je à tout hasard.

— Quoi? Articule quand tu parles, je deviens sourde.

— Un an, répétai-je.

— Oh, non, beaucoup plus que ça, j'avais encore mes jambes de jeune fille.

Yette ferma les yeux et se rendormit.

Ma mère fumait au salon:

— Tu vois, ce n'est pas drôle, Louis. Parfois, ça lui prend la nuit, elle appelle, elle appelle et quand j'arrive, elle se rendort. Mais dis-moi un peu, toi, ton travail?

Je choisis de n'évoquer que mes succès aux *Magasins*, l'augmentation que j'avais obtenue en ce début d'année, mon ascension dans le service.

— C'est Yette qui serait fière... Et Nina?

— Ça va bien, glissai-je.

On alluma la télévision pour suivre une émission de variétés. Ma mère sur le canapé en skaï et moi sur le fauteuil rouge de Yette. J'eus l'impression de revenir dix années en arrière quand nous attendions tous les deux devant la télé que le téléphone sonne: « C'est peut-être un producteur! Peut-être un rôle! »

Je répondais. Je me faisais passer pour le secrétaire de ma mère, je discutais les prix, les contrats, le nombre de jours de tournage. Ma mère avait l'écouteur, elle acquiesçait ou refusait de la tête. Mais on ne téléphonait pas beaucoup.

Je partis à la fin des programmes pour ne pas

rester seul avec elle, sans le son de la télé. Sinon je lui aurais tout avoué, que je l'aimais comme on aime une petite fille qui fait ses bêtises dans son coin, ses caprices. Que je l'aimais beaucoup.

Elle me raccompagna à la porte :

— Embrasse Nina, me dit-elle, pour la première fois, oui, maintenant qu'il était trop tard.

Je me trouvais déjà dans l'escalier.

— Nina m'a quitté, maman.

À la maison, j'écrivais des lettres à Nina sans les envoyer. Je cessai, bientôt, de regarder et caresser ses affaires dans la penderie, dans les armoires ; je n'écoutais plus de disques, préférant la radio qui, au moins, ne me disait rien du passé. Pourtant je ne pouvais me résoudre à perdre tout cela. Un espoir me poussait à tout conserver, tel un collectionneur : ses vêtements, ses animaux en peluche, ses livres sur les chevaux.

François ne dormait plus chez moi depuis deux ou trois jours. Un soir, on sonna à notre porte. Impossible de ne pas croire à un brusque retour de Nina. Je pensai qu'elle avait dû jeter ses clefs avec le reste et qu'elle me revenait.

Je demande toujours « qui est là ? » avant d'ouvrir ; une habitude de concierge.

— C'est moi, Louis !

Je faisais erreur sur la personne. C'était une voix d'homme que je ne reconnus pas immédiatement. Étienne ? Non, nous avions déjeuné la veille ensemble, Michel téléphonait toujours avant de venir. François et Bertrand possédaient leur jeu de clefs, désormais.

— Eh ! bien, ouvrez, Louis !

C'était Robert, le père de Nina. Il était seul. Je m'excusai de ne pas lui avoir ouvert très vite :

— Le soir, je me méfie.

Il m'embrassa sur le front comme l'aurait fait mon propre père et me précéda jusqu'au living. C'est Mathilde, probablement, qui l'avait envoyé ici. Robert décidait peu de chose sans le consentement de sa femme. Il paraissait accepter l'autorité de Mathilde sans y attacher trop d'importance. Parce que cela lui facilitait l'existence.

Nous étions assis l'un en face de l'autre :

— Ils n'habitent plus ici ? me demanda-t-il.

— Non, bien sûr que non. Ça ne devait pas durer très longtemps. Nina n'a rien compris.

— Nina a été profondément choquée, Louis.

— Choquée de quoi ?

— Ces types chez vous. Chez elle. Que vous traitiez comme des membres de votre famille, vous désintéressant peu à peu de tout le reste, à commencer par elle, l'entraînant, ma Nina, dans leur cercle, réglant votre existence en fonction d'eux. Vous trouvez ça normal, Louis ?

Je n'ai jamais su différencier le normal de son contraire.

— Nina reviendra ?

Je réclamai à Robert une promesse.

— Il faudrait un miracle, maintenant. Elle n'est pas malheureuse à Fontainebleau.

Je ne comprenais pas les raisons de sa visite. Pourquoi me dire tout ça ?

— Qu'êtes-vous venu faire, Robert ? Vous attendez que je pleure ? Je ne me mettrai pas à pleurer devant vous. Je suis assez fort, vous savez !

— Louis, Louis, ne parlez plus. Écoutez-moi.

Je n'ai averti personne de mon passage à Paris. Nina et Mathilde me croient en Alsace chez mon frère. J'aimerais vous sortir de là, Louis. Indépendamment de Nina. Échappez à ces gens !

— Pourquoi ?

— Ils sont sûrement très forts, très brillants, mais là où ils vous emmènent...

— Assez ! m'écriai-je. Leur échapper pourquoi ? Pour retrouver mes timbres ? La rue Boussingault ! M'inscrire au chômage ! Car vous sous-estimez la puissance, l'influence de Bertrand. Il me grillera partout si je les quitte.

— Vous n'avez pas besoin de donner votre démission. Simplement, de manière habile, voyez-les un peu moins, évitez-les...

— Je ne ferai pas ça, Robert. Mon augmentation, je la dois à qui ? À Bertrand Malair. À lui seul. Vous voulez me pousser à une folie ou quoi ? Et que je rentre dans le rang des employés des *Magasins*, que je reprenne mes activités minables. Je ne mérite plus ça. Je suis envié aujourd'hui.

— Pour Nina, alors ?

— S'il s'agit d'un chantage pour récupérer Nina, c'est odieux. Vous n'avez pas le droit de me dire ça. Quand Nina est partie, je n'avais qu'eux. Ils ont été formidables avec moi. Ce sont eux qui m'ont tiré de là, pas votre morale, vos leçons !

J'entendis la clef tourner dans la serrure puis un pas qui m'était familier.

— Tu es avec quelqu'un ?

François passait me souhaiter une bonne nuit, prendre de mes nouvelles. Je le présentai à mon beau-père :

— Ah ! vous êtes le père de Nina.

Robert parut un peu gêné de le rencontrer, comme ça, chez moi, à une heure tardive :

— Bonjour, monsieur, fit-il, tout engoncé dans son costume gris, sa chemise à carreaux, cet air province qu'il avait attrapé à Fontainebleau. Comme une maladie.

— Je vous laisse discuter, dit François, je me sers à boire et je file.

— Nous avions terminé, monsieur, je vous assure. Il vaut mieux que je m'en aille à présent.

Robert reprit son caban et sa serviette noire. Il n'ajouta rien de très précis en partant. Et moi :

— Embrassez-la, Robert. De toutes vos forces.

— Je vous ai dit qu'on me croyait en Alsace.

Quelques secondes après son départ, je faillis courir à sa poursuite, le rejoindre dans l'escalier ou dans la rue, lui jurer que tout changerait. Je lui aurais même demandé de dormir à la maison avec moi, en attendant le retour de Nina, mais François m'appelait du living. Bertrand avait égaré un projet d'annonce.

— Lui qui ne perd jamais rien.

— Je ne l'ai pas, répondis-je.

— Tu ne veux pas regarder, quand même ?

Je me mis machinalement à chercher ce projet dont je connaissais à peine l'existence.

— C'est vraiment très ennuyeux. (François se plaignait.)

— Tourmen n'a pas un double de la maquette au labo, une épreuve ?

— Ah ! ça, c'est une bonne idée, Louis. Tu permets que je téléphone à Bertrand ?

— Ça tombe sous le sens. Et qu'il appelle Tourmen.

Je ne perçus que la fin de leur conversation :

— Bien sûr, j'arrive tout de suite, je me dépêche... excuse-moi.

François semblait tout retourné, comme s'il avait commis quelque chose de mal, manquant à l'un de ses devoirs :

— Je me grouille.

Il déguerpit sans même vider son verre.

Comment cela avait-il bien pu commencer ? Ces rapports entre Bertrand et François ? Où s'étaient-ils connus ? François avait-il été marié dans le passé, comme moi ? Ou bien lui avait-on fait comprendre plus vite l'inutilité de la chose, la source de soucis que cela représentait ?

Je réussis à m'endormir en me parlant d'eux, essayant de découvrir, en vain, le déroulement plausible de leur double vie. Au fond, j'étais heureux de ne rien déceler.

Le quartier de l'Opéra était devenu mon seul quartier. Agitation identique des rues et des rayons, des passants et des clients. Quartier d'affaires et de lumières communes aux boulevards et aux *Magasins*. Elles éclairaient les mêmes visages, les mêmes costumes pour mieux les confondre.

Nous y déjeunions, y furetions le week-end, le soir, nous y faisions nos courses avant de rentrer, François et moi. Nous rentrions, dès lors, de plus en plus tard : il y avait toujours un dernier client à convaincre, un slogan à tester. François me déposait en bas de chez moi. Ou Bertrand, si François avait été envoyé quelque part pour une extrême urgence.

Un soir, très naturellement, Bertrand me dit qu'il était dommage de repartir chacun de son côté, quand nous sortions ensemble, d'avoir à se séparer devant une porte cochère.

Nous avions dîné tous les quatre avec Belais, il devait être un peu plus de minuit :

— Si vous voulez dormir à la maison, me proposa Bertrand, ce sera avec plaisir.

— Personne n'en saura rien, tu feras comme moi, me confia Lingre à l'oreille.

Je me sentais si bien avec eux. Leur petit frère.

Mes amis me fuyaient. Nous n'avions finalement que des amis communs avec Nina. Ils avaient pris son parti. Tout le monde estima que j'avais exagéré. Michel se mit à raconter des mensonges, que je trichais aux cartes. J'avais de plus en plus de mal à m'asseoir à une table de poker: «Désolé, Louis, mais on est déjà sept!»

Tout ça parce qu'une fois, j'avais regardé la dernière carte d'un paquet, pour voir si ma couleur valait la peine d'être tentée: tant de trèfles sur le tapis m'inquiétaient. C'était un gros coup. Je l'avais dit dans la VW à Michel, qui l'avait répété à d'autres joueurs. Ce genre de bruit court vite.

Étienne ne me téléphonait plus ou presque. Je le soupçonnais de rencontrer Nina en cachette et de ne pas m'en parler.

Je n'avais rien fait pour retrouver Nina. Ma mère pensait comme Bertrand et François, que j'étais bien au-dessus de ça, au-dessus d'elle. Yette aurait dit pareil si elle avait pu dire quelque chose. Elles s'étaient réconciliées toutes les deux avec Odette à qui nous avions donné toutes les affaires de Nina. «Ça vous rajeunit», lui avait soutenu ma mère.

Je m'aperçus qu'Odette et Nina avaient la même taille.

Nina n'essaya pas de me nuire dans ma carrière. Je demeurais l'espoir de mon service, l'espoir des *Magasins*, évinçant Doutre, l'humiliant un peu plus chaque jour avec mes meilleures idées de lancement. Je pourrais écrire la haine que me portaient ces gens, mais je ne veux salir ni mouiller personne: que chacun travaille dans son coin.

Je reçus bien, un jour, un appel de Sophie, à la maison, rue Clerc, j'étais venu y chercher des vêtements propres, je n'habitais pas toujours chez moi : « Nina est à Paris, Louis. Tâche de la voir ! »

Je fus heureux d'apprendre que Nina s'en sortait de son côté. Nous étions devenus deux étrangers. « On finit toujours par être lourdé », m'avait dit François.

Je connus donc l'avenue d'Eylau, les huit pièces de cet appartement sombre et moite où Bertrand et François vivaient ensemble depuis plus de dix ans. Je compris que le studio de Lingre n'existait pas. Sa mère habitait bien près de chez moi, vers l'École militaire, dans cet immeuble en pierre de taille, aux fenêtres sur cour, mais pas lui. Sa mère faisait suivre son courrier pour montrer qu'il avait une adresse lui aussi, comme tout le monde. François n'avait d'autre adresse ni d'autre vie que celles de Bertrand. Dans cet appartement du Trocadéro qui avait découragé plus d'une femme de ménage, il avait fait son trou.

Je commençai par y dormir moi-même une fois de temps en temps, quand nous sortions ensemble, et puis ce fut deux, trois, quatre nuits par semaine. Sans aucun motif, parce que ça allait de soi, que c'était plus simple de ne pas se quitter.

Je n'oublie pas la phrase prononcée par Bertrand sur le palier avant d'ouvrir la porte, le soir où j'y fus conduit pour la première fois :

— Vous n'avez pas peur, au moins ?

Je constatai évidemment que tout avait été négligé, que cela ne sentait pas très bon :

— Vous n'aérez jamais ?

J'évoquai ces peintures dont Bertrand m'avait parlé :

— J'ai renvoyé les ouvriers, ils fouillaient partout, je n'avais aucune confiance.

— Mais ces travaux ?

— Eh bien ! ils ont été arrêtés en cours de route. Et puis, ça ne vous regarde pas, Coline, de quoi je me mêle ? Chacun vit comme il veut.

François ricanait dans l'ombre de notre cher directeur.

Je me promenais maintenant entre les caisses et les chaises cassées :

— Vous dormez où, Louis ? Oh ! n'importe, pas vrai ? Vous vous arrangerez avec François. Je vous laisse, j'ai du travail.

Et Bertrand disparut, s'isolant dans la pièce qui lui servait de bureau et de chambre. Ne dormait-il jamais, lui ?

François m'expliqua que nous avions bien de la chance :

— Parfois nous sommes plus nombreux, m'informa-t-il. Des amis de Bertrand, d'anciens profs qui se réfugient ici. Des pique-assiette, mon vieux ! Je ne sais pas où les caser, tu me comprends. Avec toi, un intime, c'est différent, on ne se gêne pas.

François m'indiqua un canapé en assez mauvais état, dans le salon :

— Ce sera le tien, si tu veux.

Lui coucherait par terre, dans ses couvertures avec un oreiller pour protéger sa tête :

— Il suffit de s'habituer. Après, ça vient tout seul.

Gérard Doutre quitta les *Magasins* au début du printemps. Un concurrent l'engageait pour sa compétence, sa longue expérience. Sa décision ne surprit pas Bertrand. Ce dernier jugea inutile et dangereux de le retenir, pourtant, pour le préavis d'usage :

— La porte vous est grande ouverte, Doutre. À vous la liberté ! Allons, ne faites pas attendre votre nouvel employeur.

Doutre vida les tiroirs de son bureau, emporta la photo de sa femme et de ses enfants, ses fétiches.

— Je vous fais de la place, me lança-t-il.

Christine, notre secrétaire, pleurait comme une malheureuse. Qu'espérait-elle ? Un cadeau, une enveloppe, comme les gardiennes d'immeubles, les veilles de Noël ?

Doutre, lui, avait l'air content :

— Vous voyez, Coline, je ne regrette rien. Onze ans de boîte et je ne laisse rien ici. Je pars comme une fleur. Non, ça ne pouvait pas coller avec ce Malair. Il est trop personnel, ce gars-là. Je sais que vous vous entendez très bien avec lui. Vous êtes jeune, vous.

Bertrand ne l'avait pas raté. À salaire égal, Doutre retirait ses billes. Rester aux *Magasins* signifiait pour lui une perte de chaque jour. Honneur et crédibilité.

Il offrit un verre à la plupart des cadres de la maison. Chez Lucienne, bien sûr, en face. Il n'avait invité que des personnes d'indice équivalent. Bertrand et François ou nos vendeuses n'étaient pas conviés.

Tout le monde le jalousait, maintenant. Cette démission le rendait plus important qu'il ne l'avait jamais été.

— Se recaser à cinquante ans, c'est très fort, et je suppose qu'ils vous reprennent avec l'ancienneté.

— Je n'aurais pas signé, autrement, vous pensez bien !

Doutre, assez fier, remplissait nos verres, trinquait avec tous :

— Profitez-en, c'est moi qui régale !

La fête se terminait, on avait tous un peu trop bu, Doutre en tête. Je pensais réussir à m'en tirer en lui serrant la main, « au revoir et bonne chance », mais lui :

— Alors, ça y est, Coline, ce fauteuil, mon fauteuil, vous allez pouvoir vous asseoir dedans !

— C'est vous qui partez, lui dis-je.

— Bien sûr. (Il titubait légèrement, s'appuyait contre mon épaule.) Mais avouez que vous ne demandiez que ça, non ? Vous grimperez, Coline !

Ils étaient en force. Rousseau, dans un coin, qui flirtait avec son chef des ventes, se laissant tripoter le bas du dos, la jupe remontée. Heureuse. Pré qui se plaignait de l'acidité du Martini :

— Je vous jure qu'il a un goût, disait-elle à qui voulait bien l'écouter.

De Mer avait oublié la décence, il buvait au goulot :

— À la santé de Foss ! À la recherche contre le cancer !

Lucienne, la patronne, ne paraissait pas rassurée, elle devait craindre un scandale :

— Ne me cassez pas mes verres !

Je ne comprenais pas pourquoi Doutre me parlait ainsi :

— On s'amusait bien, répondis-je. On ne va pas tout gâcher avec ces histoires de bureau !

Je ne croyais pas Doutre capable d'une telle froideur, d'un tel sérieux :

— Foutez le camp, Coline ! Vous ne sentez pas bon. Cette odeur de pizza, elle vous poursuit, vous aussi. Vous serez chef, Coline, soyez tranquille !

Les autres n'avaient pas entendu. Je me faufilai jusqu'à la sortie où m'attendait François avec les journaux :

— Ils t'ont fait boire, Louis, tu trembles !

Doutre ne se trompait pas. Je fus nommé directeur du service, le soir même, en petit comité :

— C'est encore officieux, entre nous, je transmettrai à De Mer, me promit Bertrand. Il fera le nécessaire.

Une table avait été réservée Chez Max. Jean-Loup, Paul et François, plus deux amis que je ne connaissais pas, nous rejoindraient là-bas.

— C'est un petit événement, tout de même, me dit Bertrand dans sa voiture.

— Je vous remercie, Bertrand.

— Si vous ne le méritiez pas... Il faut penser à votre avenir, non ?

Bertrand conduisait très lentement, en vieux taxi qui veut faire tourner le compteur, il oubliait toujours le bon chemin.

— Vos parents vont être satisfaits, reprit-il.

Ma mère, bien sûr, me féliciterait. Mais Yette ?

Comment lui dire, lui expliquer maintenant ? Elle refusait toute conversation, toute communication. Seuls certains gestes lui permettaient de dire à sa fille qu'elle n'avait plus faim, qu'elle s'était salie, que le chien l'agaçait.

— Et votre père, Louis ? Il ne doit pas arriver ces jours-ci ? Ce n'est pas sa saison ?

— Il ne viendra pas cette année.

— François m'a dit qu'il était dans les grands magasins, lui aussi. Peut-être que ça ne marche pas. Une restriction de budget, de frais de voyages...

— Je l'ignore.

— Mettez-lui un mot, au moins. Il sera ravi d'apprendre votre nomination.

Mon père ne savait même pas qui j'étais, ce que je pensais de lui, comment j'avais été élevé. Dans la terreur de lui être rendu : « Si tu n'es pas sage, on te renvoie chez Henri, comme un paquet, par la poste ! »

Je ne le connaissais pas moi-même. Son mètre quatre-vingt-dix, son grand rire, sa façon inimitable de demander l'addition en toutes les langues ne me suffisaient pas. C'était trop mince. S'était-il remarié si bien que ça ? Occupait-il réellement le poste de président-directeur général comme il le disait ?

Il pouvait bien me mentir lui aussi, je ne serais pas allé vérifier. J'aurais préféré qu'il se soit fabriqué ses magasins à lui, ce bonheur. Qu'il ne soit qu'un perdant parmi les autres. J'aurais voulu l'aider, le voir pleurer un peu, lire d'autres lettres de lui. Tout plutôt que ces bonnes nouvelles concernant son travail, sa femme, son pays. Une nuit, recevoir un coup de fil et que

Henri, mon père, un sanglot dans la voix, maladroit, hésitant, ait besoin de trois ou quatre mots, de ma voix à moi.

Bertrand expédia ce dîner Chez Max. La routine. Il semblait regretter d'avoir invité ces deux amis dont les noms me furent écorchés lors des présentations. Deux affichistes :

— Inséparables, précisa François, si tu vois ce que je veux dire.

Absents de France pendant plusieurs années, ils revenaient avec des idées, des méthodes nouvelles, comptant sur Bertrand pour leur offrir du travail

— On n'a que toi ici, avoua l'un d'eux.

Ils se renseignèrent sur le développement des *Magasins*. Bertrand leur dressa un tableau exemplaire et idyllique de notre situation. Il avait pris pour habitude de faire admettre à tous ceux qui l'entouraient que les *Magasins* lui devaient beaucoup et donc marchaient très bien. Il rappela notre chiffre d'affaires aussi impressionnant que nos budgets de campagne. Les deux types le buvaient des yeux.

Ils se ressemblaient l'un et l'autre. Plutôt épais, une bonne tête, deux moines dont les tics, les mines, les attitudes s'étaient confondus à force de vie commune.

— Vous vous adresserez à Louis, leur conseilla Bertrand. Coline. C'est mon directeur de publicité. C'est à lui que nous buvons.

Au moment de payer, chacun eut l'air de chercher un peu d'argent dans ses poches mais Bertrand :

— C'est moi !

Il régla, comme toujours. C'étaient ses seuls frais, au fond. Le reste devait attendre dans une banque les jours difficiles. La seule énigme de Bertrand Malair se résolvait d'elle-même : il n'avait jamais entretenu ni aimé personne. Ni un homme ni une femme. Pas même lui. Sa vie comme sa mallette ne contenait rien de tellement important. Il les verrouillait, pourtant. À double tour. Pour faire travailler l'imagination des autres. C'était si tentant de lui découvrir une liaison dangereuse, des papiers compromettants, des accidents de parcours. Il laissait dire et en riait. Sa force résidait là, dans sa légende. Imprenable, bien sûr, puisqu'il n'y avait rien à prendre.

Rue Lamarck, malgré la pluie, nous discutions tous les sept de la qualité du ris de veau et de la crème anglaise.

— Vous savez où dormir ? demanda Bertrand aux affichistes, prêt à les héberger eux aussi, comme si son appartement était une pension de famille.

— Tu es gentil mais on couche chez Flo, le musicien...

Les voitures partaient dans des directions opposées. Jean-Loup habitait près de chez Flo et ramènerait les deux compères. Bertrand et François mettraient Paul dans un taxi. Moi avec eux, dans la Peugeot.

— Ta Rover est encore au garage ?

François fit signe que oui et Bertrand le traita de touriste.

C'était un mardi. Je lisais mon journal au bureau, le bureau de Doutre, sous les yeux de Christine. Que pouvait-elle bien penser de moi ? Elle s'était habituée, elle devait se rendre compte que j'étais quelqu'un de différent. Je lui donnais son vendredi après-midi quand elle partait en week-end dans sa famille, pas trop de courrier si elle se plaignait des dents ou de surmenage. Elle me respectait. J'aurais voulu qu'elle m'aime un peu.

Un mardi matin. J'avais couché avenue d'Eylau, ma mère avait eu beau appeler toute la nuit, rue Clerc, elle ne m'avait pas joint.

— Monsieur Louis (je reconnus la voix d'Odette dans l'appareil), je vous passe votre maman.

— Elle est morte en dormant, Louis.

Yette m'avait fait ça. Nous l'avions perdue dans un de ses jeux préférés.

— Je n'y ai pas cru, continuait ma mère. Tu te souviens, elle nous a tellement fait marcher avec ce truc-là. Je l'ai secouée, secouée. Fort, tu sais.

Christine s'aperçut qu'il s'était produit quelque chose :

— Votre grand-mère, Louis ?

Nous nous appelions par nos prénoms, je trouvais ça plus commode dans le travail.

Je prévins Bertrand et les autres qui comprenaient. Ils m'ordonnèrent de courir chez ma mère sans attendre.

— Laissez tout tomber, Louis, me dit Bertrand.

Odette, heureusement, avait pu venir en pleine nuit.

— Où étais-tu, Louis ?

— Du travail chez mon patron...

— À trois heures du matin !

Je faillis entrer dans la chambre de Yette mais :

— Ne cherche pas, ils l'ont déjà emmenée...

— Les types de la morgue, me souffla Odette.

Je vis que ma mère avait pleuré. Je la serrai un instant dans mes bras et elle :

— Venez, vous aussi, Odette. Elle a été formidable, Louis. Sans elle, je serais peut-être avec Mamine...

— Ne dites pas ça, madame.

Nous dansions tous les trois, immobiles. Pour rien.

— Au moins, elle n'a pas souffert, nous rappela Odette.

Je pensai à ces boîtes de riz dans le garde-manger : qu'en ferait-on maintenant ? Ma mère se fâcherait avec le marchand de volailles.

— Et le chien ?

— Philo' est resté dans la chambre de Yette. Il n'a pas aboyé depuis, précisa ma mère. Ça prouve que Yette avait raison, il est très intelligent pour un chien de sa race.

Je pensai à Yette qui, il y a encore quelques années, marchait plus vite que moi dans la rue, montait et descendait les cinq étages de son immeuble comme une adolescente. Avec ses jambes de jeune fille. Nous jouions à chat dans l'appartement et Yette s'arrangeait pour que je gagne. Il ne fallait pas me contrarier. « Le petit m'a encore battue », annonçait-elle le soir à table, toute fière devant ma mère.

Le dimanche, nous allions au cinéma sur les Champs-Élysées. C'était loin de la maison, parfois nous rentrions en taxi, mais c'était les Champs-Élysées ou rien. Yette avait préparé l'argent pour les places : « Tiens, Louis, et tu garderas le reste pour toi. — Mais Yette... — Ne discute pas. Et tais-toi, surtout. Pas un mot à ta mère qui me battrait. »

Elle n'aimait pas les films que je choisissais à l'époque, des histoires de gangsters ou de pirates, mais ne m'en disait rien : « Ça t'a plu, Yette ? — C'est bien mené. »

Quand nous n'avions pas assez d'argent, elle m'accompagnait aux timbres. « Attends-moi sur un banc, Yette. »

Je revenais toujours avec quelques billets. Si cela ne suffisait pas pour le cinéma, on se payait une glace : « Tu me fais faire des folies avec mon foie... »

Et elle avalait une boule de plus que moi en jurant que c'était la meilleure glace qu'elle avait jamais mangée de sa vie.

Yette me servait de sœur, de père et d'ami quand j'étais enfant.

Je dus m'occuper des formalités pour l'enterrement. Yette reposerait près de son mari Jean au cimetière Montparnasse. Cela coûtait assez cher et je n'avais pas réuni la somme.

— Il vous faut combien, Louis ?

— Bertrand, vous n'y pensez pas...

Nous nous trouvions dans son bureau des *Magasins* à une heure où les employés regardent, chez eux, les sports à la télévision.

— Dites-moi combien, Louis.

Je lui donnai le chiffre exact en ajoutant que j'avais déjà mis mille francs de côté.

— Gardez vos mille francs !

Bertrand remplit et signa un chèque.

— Je vous les rendrai... sur mon salaire...

— Vous me les avez déjà rendus, Louis, ça me fait plaisir.

Bertrand était capable d'un tel geste. Il rangea son chéquier, son stylo à bille Waterman, quatre couleurs. Chaque couleur signifiait quelque chose. Il me l'avait expliqué. Le noir pour les lettres officielles, le bleu pour son courrier personnel, le rouge pour corriger une erreur sur un tableau comparatif, une addition à effectuer.

— Et le vert ? lui avais-je demandé.

— Le vert, je ne l'utilise jamais, Louis. Je vous le donne. Quand vous en aurez envie, vous m'emprunterez mon stylo et vous écrirez en vert ce qu'il vous plaira.

— Que vous êtes mon meilleur ami.

— Si vous voulez, Louis.

Ma mère avait insisté pour qu'une messe fût célébrée en l'église Saint-Marc, tout près de chez elle. Nous étions peu nombreux : ma mère qui ne me quittait pas des yeux, la concierge de la rue Boussingault, des amis comédiens, un commerçant du quartier et Odette, bien sûr. Le chien était resté à la maison.

« Pauvre bête ! »

Ma mère était désolée de n'avoir pu l'emmener. Cela aurait rassuré Yette de le savoir avec nous.

Dans cette grande église de construction récente, nous avions attendu longtemps le curé chargé de la cérémonie. L'organiste avait déjà commencé à jouer quand j'aperçus quelqu'un gagner sa place, une retardataire.

— Nina !

Nina s'assit derrière nous en silence.

— C'est moi qui le lui ai dit, m'apprit ma mère, en me faisant du pied, comme à un complice.

Je ne pus m'empêcher de me retourner.

— Ça va ?

Nina mit un doigt sur sa bouche, me suppliant de me taire :

— Après, murmura-t-elle.

Et elle reposa ses mains sur la jupe d'un tailleur gris que je ne lui connaissais pas.

Le curé savait son texte comme un acteur. Il s'était muni d'une brochure à l'« usage des défunts » qu'il consultait de temps en temps pour ne pas commettre de faute. C'était assez odieux et ridicule. Au moment de communier, il s'étonna qu'aucun de nous ne communie avec lui :

— Personne ? fit-il sur un ton de professeur comme s'il allait désigner un volontaire.

Les hosties seraient gâchées.

— Tu ne veux pas, toi ? m'interrogea ma mère en reniflant.

— J'ai complètement oublié, dis-je, tu sais bien.

Le curé en profita pour accélérer le rythme de son débit. La messe fut dite en entier mais ne dura qu'une demi-heure.

Alors, les gens des pompes funèbres nous invitèrent à les suivre.

— Deux par deux et en rang. La mère et le fils d'abord. Les autres derrière.

Yette et son petit cercueil attendaient maintenant dans l'autocar.

— Vous pouvez monter, la mère et le fils, seulement.

Je compris que les autres nous rejoindraient en voiture, s'ils le souhaitaient.

Le conducteur de notre véhicule parlait assez fort. Il reprochait aux piétons de traverser au vert :

— Le prochain, je l'écrase, menaçait-il.

Ma mère se pencha contre moi :

— Tu as cinquante francs, pour lui ? Ça se fait.

Nous n'étions pas restés plus de dix minutes au cimetière Montparnasse, juste le nécessaire. Ma mère me donnait le bras dans l'allée :

— Je suis forte, hein, Louis ? ne cessait-elle de répéter.

C'est vrai qu'elle n'avait jamais été aussi bien. Comme si la mort de Yette l'avait fait brusquement grandir. Plus besoin de scène ou d'applaudimètre., C'était son plus beau rôle et elle jouait sans public. Je l'admirai sans le lui dire.

Nous avions renvoyé le service des pompes funèbres, l'autocar, le chauffeur.

— Je vous ramènerai, avait proposé Nina.

Elle s'était approchée de moi après la mise en terre :

— Ça s'est passé quand, Louis ?

Elle avait coupé ses cheveux, s'était laissé pousser une frange.

— Ça te va bien.

Nous ne nous étions même pas embrassés. Je lui avais attrapé une main comme un voleur, l'avais serrée un long moment. Pour voir.

Dans la voiture, en rentrant, nous n'avions rien trouvé à nous dire. Ma mère s'était endormie, la tête appuyée contre la vitre. Nina faisait attention de ne pas freiner trop brutalement, pour ne pas la réveiller.

Arrivés rue Boussingault, Nina n'essaya pas de se garer :

— Tu montes ?

— Il vaut mieux pas maintenant, Louis.

— Tu veux dîner avec moi, chez nous ?

— Prenons le thé plutôt. Au *Wagner* à cinq heures.

Ma mère embrassa Nina, la remercia pour le transport.

Je déjeunai rue Boussingault. Odette nous servit du poulet avec du riz en souvenir de Yette. Philo' continuait de chercher sa maîtresse. Yette ne l'avait jamais quitté.

Je choisis aux *Magasins* de ne révéler ni à Bertrand ni à personne mon rendez-vous avec Nina. Ils auraient cru à une faiblesse de ma part.

— Tu vas où ? me demanda François, quand

il me vit sortir de mon bureau de si bonne heure.

Il me surveillait, moi comme les autres. Question d'habitude.

— Mes cigarettes.

Je traversai la place de l'Opéra et m'assis en salle au *Wagner*. Nina ne tarderait pas.

— Tu es là depuis longtemps ?

— Non, non.

Je n'y pouvais rien, j'avais la voix, la tête qu'elle n'aimait pas. Un peu de comédie. Elle ne remarqua rien, me fit un résumé des deux mois de notre séparation. Fontainebleau, ses parents.

— Michel et Sophie sont venus passer un week-end. Tu les a vus récemment ?

Je ne voyais plus personne. De l'avenue d'Eylau à l'avenue de l'Opéra.

Nina s'était arrangée pour me rencontrer dans un café, en copain, me prouvant ainsi qu'elle avait bien tiré un trait, qu'elle changeait elle aussi :

— Je regrette ce que je t'ai écrit, Louis, me confia-t-elle. Ces méthodes un peu dramatiques. Ce ton entre lyrisme et pitié, ce que je pouvais être bête ! Soyons plus simples.

Comme je m'y attendais, elle finit par me parler de divorce.

— Si tu veux, je prends tous les torts, Louis.

— Ce n'est pas la peine.

Elle m'expliqua que, dans la mesure où nous n'avions pas d'enfants, je n'aurais rien à lui verser.

— Je te remercie, fit-elle, sentant que j'étais prêt à tout accepter.

Elle évita une allusion à Bertrand ou François.

— Tu sais, j'ai été nommé directeur du service de la promotion.

Cela sembla lui faire plaisir.

À six heures moins dix — j'avais la pendule du *Wagner* sous les yeux — elle prétexta une course à faire. Des chaussures à ressemeler. Et Nina m'embrassa sur les deux joues.

— On s'appelle !

Je commandai un autre thé au garçon qui tenta d'engager une conversation :

— Elle avait l'air pressée, la petite dame. Vous vous êtes disputés ? C'est peut-être pas mes oignons mais j'aime pas que mes clients aient le vague à l'âme. Ça me refile le bourdon !

— Ne vous tracassez pas, lui dis-je, en le gratifiant d'un grand sourire. C'est une cousine de ma mère. Elle s'est mis en tête de visiter Paris en trois jours.

« Louis et François » ne formaient plus qu'un seul mot dans la bouche de Bertrand. Nous étions maintenant liés, soudés l'un à l'autre. Siamois. Quand Bertrand avait besoin qu'on lui rende un service, il appelait « Louis et François » pour ne pas créer de jalousie.

Belais s'éloigna progressivement de nous. Il s'était acheté une deuxième voiture pour devenir plus indépendant, vis-à-vis de sa femme, mais aussi de Bertrand. Il commençait à se faire admettre par les autres aux *Magasins*, payait des verres à De Mer, des cafés à Rousseau. Il fit un cadeau à Christine pour son anniversaire. Depuis le départ de Doutre, elle prenait son courrier quand Odile était surchargée. Moi, ça ne me gênait pas.

— Il est gentil, monsieur Paul, disait Christine, en me demandant l'orthographe d'un mot pour ne pas se faire attraper.

Bertrand devait se désintéresser de Belais pour lui laisser tant de liberté, ne pas lui reprocher ses retards ou ses absences au bistrot d'en face.

Je ne voulus pas ennuyer François. Nous avions suffisamment de services à rendre et pas toujours commodes.

La première année de Bertrand aux *Magasins* toucherait bientôt à son terme. Avait-il réussi ce redressement spectaculaire ? Les écrasions-nous tous, maintenant ? Nous n'en parlions jamais. Nous ne parlions plus chiffres du tout.

Dans nos moments de répit et de tranquillité, François et moi nous apprenions à rire. Nous nous amusions avec des riens. La nuit, avenue d'Eylau, quand Bertrand s'enfermait dans sa chambre, il nous arrivait de ne pas dormir non plus, pas avant très tard. Nous jouions à celui de nous deux qui en savait le plus sur Bertrand. Ça remplaçait le poker, le « chip » à dix francs, les brelans servis, la quinte par le ventre.

Nous avions rédigé des fiches avec des questions. Des questions pièges que nous nous posions très sérieusement. François, c'est bien normal, gagnait la plupart du temps, mais moi, je m'instruisais un peu plus chaque nuit. C'était ma petite victoire.

Je sus l'enfance de Bertrand à Ville-d'Avray, le collège Sebastian où il n'eut de compagnons que ses manuels et ses livres ; la mort de ses parents, une mort naturelle. Bertrand était un enfant de vieux. Je sus sa jeunesse, ses hautes études, conduite exemplaire, parfaite éducation. Une bonne guerre. Et ses débuts de professeur dans les cours privés parisiens, les premiers articles donnés à des journaux, puis sa chronique d'économie dans un grand quotidien du soir plutôt conservateur, son entrée à la banque.

— Mais toi, tu l'as connu quand ?

— Tu le découvriras tôt ou tard, me répondait François. (Il se levait pour se servir à boire.) Et puis ça fait partie du jeu, si je te le dis, je me désavantage.

Il fallait bien qu'un mystère demeure et je ne sus jamais leur vraie rencontre. Cette vie si blanche en cachait-elle une autre comme Bertrand l'avait toujours fait croire ? Il me semble que non. Les rares incohérences, les quelques trous seraient comblés, bouchés. L'absence de femmes, d'amour surtout, s'expliquait par l'incroyable capacité de travail de Bertrand. Cette force faisait tout oublier et tout comprendre. En un an, il n'avait pris que deux ou trois jours de vacances. C'était la seule anomalie, la seule différence, sa façon si singulière d'exister pour lui-même, en permanence, sans risque d'attachement. Chacun à son poste, lui à la direction. Peu importe laquelle. Cela lui offrait tant de prétextes, tant de motifs pour ne pas vivre exactement comme les autres.

Quand nous nous étions lassés de nos rôles de détectives, François et moi préparions de mauvais coups, trouvions des blagues à faire. Il avait de ces trucs, François !

Un jour, à l'heure du déjeuner, il m'avait convaincu d'aller m'asseoir et de l'attendre chez un coiffeur de la rue du Quatre-Septembre, tout près des *Magasins*, une rue de banques et d'agents de change. On venait de me laver les cheveux quand il apparut, une poupée sous le bras, de soixante centimètres à peine, une poupée de gosse en celluloïd.

— J'espère que le salon est mixte, demanda François, je veux dire, hommes et femmes.

On lui répondit oui, mais :

— C'est pour quoi, monsieur ?

— Il s'agit de ma fille Coralie, dit François en montrant la poupée. Elle ne supporte plus, figurez-vous, cette raie sur le côté. Pouvez-vous arranger ça ?

Comme prévu, la directrice du salon de coiffure refusa, désemparée, s'excusant volontiers, prenant mille précautions pour chasser sans vexer ni blesser ce client impossible. Et François :

— C'est partout pareil, hurla-t-il, moitié cris, moitié larmes.

Il simula une vraie crise de nerfs, s'adressant bientôt à moi :

— J'appelle ça du racisme !

— Ne pleure pas, Coralie, tu auras des gâteaux. Puisque c'est comme ça, nous partons, mais vous entendrez parler de moi !

Nous ne disions rien à Bertrand de tout ça. Il nous aurait mal jugés. Quand Bertrand riait, c'était pour autre chose. Les histoires de bureau l'excitaient un peu. Il aimait apprendre les dernières conquêtes de Rousseau, exigeait des détails croustillants, si elle couchait ou pas ; les colères de Pré, terrorisant ses collaborateurs, les cuites de ce brave De Mer.

Il aimait surprendre une petite vendeuse en train de fumer une cigarette dans le couloir du personnel. Il était très malin car il ne la grondait pas, faisant semblant de noter cet écart dans sa tête. Il aimait incommoder un chef de rayon qui embrassait une femme de ménage dans les vestiaires : « Je passe, je ne vois rien », susurrait-il entre ses lèvres, mais il n'oubliait pas.

Il aimait, la nuit, revenir seul aux *Magasins*, se promener dans son royaume. Mettre en marche un train électrique, peut-être une chaîne stéréo. Essayer des vêtements neufs, renifler des parfums, ouvrir une boîte de faux cils : « Comment les gens peuvent-ils acheter ça ? » devait-il penser.

Seul, dans ce décor un peu extravagant, n'avait-il pas envie parfois d'effacer un instant le nom de ces banques, de ces trusts qui nous contrôlaient ? Envie de mettre du désordre ? Faire des *Magasins*, dont il ne possédait rien que le titre de directeur, son deuxième appartement, sa résidence privilégiée ? Et dormir là, debout, parmi les mannequins de la vitrine, Lingre à ses pieds et moi dans le hall.

Je ressentis un relâchement dans mon travail dès le début de ce mois d'avril, comme une décompression. J'eus le sentiment absurde que Bertrand perdait de sa vitalité, de sa suprématie. Pendant ces quelques semaines, il ne me demanda qu'un peu de présence.

Mon service brusquement en sommeil me rappelait le temps de Foss, les cigarettes grillées sans nervosité, juste pour faire des ronds dans la pièce, distraire Christine.

Belais, les autres continuaient de travailler, bien sûr. Nous n'appartenions pas au même secteur. Personne ne serait mis au courant de cette courte paralysie au niveau promotionnel : « Ça va reprendre », disait Bertrand.

Campagne en suspens, projets en attente.

Étienne était venu me rendre visite un après-midi aux *Magasins*. Nous n'avions pas rendez-vous. Il passait par hasard. Il ne changeait pas. Habillé toujours en avance sur le temps, la météo. Costume d'été quand nous étions au printemps. Il ne paraissait pas souffrir du froid. Il me dit son dernier amour, l'appareil photo qu'il avait acheté au Japon :

— Une merveille. Avec ça, je ferai des miracles.

Les choses s'étaient cassées, nous avions vécu trop de mois l'un sans l'autre, il n'était plus dans mes habitudes. Combien de disques étaient sortis que nous n'avions pas écoutés ensemble ?

François avait sans doute croisé Étienne dans l'escalier. Il n'avait pas hésité à avertir Bertrand. Bertrand était monté aussitôt et, sans même frapper, avait ouvert ma porte :

— Qu'est-ce que vous foutez là ?

Il n'avait pas reconnu Étienne.

— On discutait avec Louis, bonjour, monsieur...

— Vous allez me faire le plaisir de laisser Louis en paix. C'est un bureau ici, Louis a du travail.

Étienne n'en demanda pas plus. Je promis de lui téléphoner :

— C'est ça, fit-il.

Je restai un long moment avec François. Je n'arrivais pas à lui en vouloir. J'avais fini par me mettre à sa place. Je sais très bien que j'aurais agi de la même manière si un de ses anciens amis avait essayé de le relancer.

Ma mère et son chien se remettaient peu à peu de la mort de Yette. Sa disparition, le départ de Nina nous autorisaient à dépenser plus d'argent chaque mois.

Pour ne pas retrouver l'appartement de la rue Boussingault sans ma Yette, j'allais chercher ma mère en taxi. Elle descendait aux coups de klaxon et je l'invitais dans les grands restaurants. À son tour, elle se sentait fière de moi, de ma réussite :

— Tu dois avoir un travail considérable depuis que tu es chef !

Nous commandions les plats les plus chers, je la traitais comme un client important des *Magasins*. Elle aimait ça, s'y préparait longtemps à l'avance et se faisait belle.

Je me souviens qu'elle rougissait devant le maître d'hôtel. Nous prenions plusieurs desserts, buvions pas mal :

— Puisque ça nous plaît, disait ma mère.

Le lendemain matin, quand je l'appelais au téléphone, du bureau, elle me remerciait pendant des heures :

— Ça n'a pas fait trop cher, Louis ?

— Mais non, tu es folle.

— Allez, dis-moi combien.

Je trichais sur le chiffre de l'addition, lui annonçant un peu plus, un peu moins. Le résultat était le même :

— Ah ! c'est tout ! La prochaine fois, je ne me priverai pas de fromage !

Nous avions traîné ce soir-là plus tard que d'habitude. Après un repas froid avalé à la Lorraine, parce que le Russe ne servait pas après dix heures et que Bertrand ne voulait pas aller très loin, j'avais eu l'idée saugrenue d'emmener mes deux amis au casino d'Enghien près de Paris. Les cartes me manquaient. J'avais besoin de redécouvrir leur odeur, leur couleur. Besoin de tirer à cinq au moment où le banquier montrerait un sept, fier et sûr de lui, et de transformer mon cinq en huit ou neuf. « Neuf au banco », dirait le croupier et le banquier, mon adversaire, passerait la main, le sabot, se lèverait de table, peut-être, pour avoir déjà trop perdu : « Je suis noir, ce soir. »

Bertrand et François ne connaissaient pas le casino d'Enghien ni aucun casino, je crois. Ce n'étaient pas des endroits pour eux : trop de gens et de lumières.

J'avais emprunté de l'argent liquide à Bertrand dans la voiture :

— Vous comptez jouer tout ça, Louis ?

Nous avions gardé le vouvoiement entre nous, c'était ma supériorité sur François.

— Mieux vaut être armé, dis-je.

Nous étions entrés dans les salons du casino

peu avant minuit. Une fausse excitation y régnait : les salles de jeu d'Enghien étaient trop grandes, les plafonds trop hauts pour les sommes engagées.

— On vous attend au bar, Louis.

C'était plein, comme toujours. Beaucoup d'étrangers qui parlaient assez fort, des petits joueurs comme moi qui venaient finir leur nuit. Dames d'un certain âge qui espéraient vivoter une saison :

— C'est mon seul sport, disait l'une, mon seul plaisir, maintenant.

On m'indiqua bientôt une place et la partie commença.

François venait souvent aux nouvelles :

— Ça marche ?

Je ne lui répondais pas, désignant seulement mes plaques empilées afin qu'il constate de lui-même.

À la fin du deuxième sabot, pendant la préparation des cartes, j'avais rejoint Bertrand devant sa tasse de café, ses Kent :

— Vous avez déjà tout perdu ? me demanda-t-il, goguenard.

— Je gagne un peu. Vous ne vous ennuyez pas, au moins ?

— Pensez-vous !

Je compris que, ce soir, il ne pouvait rien me refuser.

— Amusez-vous, Louis ! Amusez-vous !

Ni François ni moi ne savions, alors, que c'était notre dernière soirée à trois, nos derniers mots échangés, ses dernières faveurs à notre égard. Comment l'aurions-nous deviné ?

La partie fut blanche. Peut-être y laissai-je cent

ou deux cents francs. Un « avec la table » qui ne m'avait pas souri. Cela avait duré près de trois heures et, durant tout ce temps, Bertrand et François n'avaient pas bougé.

Nous étions rentrés plus tard encore, après un verre à la Calvados où des Canadiens un peu ivres dansaient sans musique.

— Ce sont peut-être des amis de votre père, me dit Bertrand.

Et François avait ri, ce qui lui valut une petite claque sur le nez. Bertrand était comme ça.

Avenue d'Eylau, chacun sa nuit.

— Lève-toi, Louis !

J'avais dû m'assoupir. François s'agitait au-dessus de moi en bras de chemise. Je remarquai qu'il lui manquait un bouton, peut-être se l'était-il arraché dans son demi-sommeil ? J'aurais pu le lui recoudre. Yette m'avait appris à me servir de mes mains quand j'étais plus jeune.

— Louis, c'est sérieux ! criait François.

— Calme-toi un peu, lui conseillai-je, tu vas réveiller Bertrand. Après, il va encore nous engueuler, penser que c'est de ma faute.

Nous étions dans le salon de l'avenue d'Eylau, la lumière allumée. J'y dormais toutes les nuits, maintenant.

— Bertrand est parti, Louis.

— Et alors ? Quelle heure est-il ?

— Presque huit heures. Enfin sept, la demie, je ne sais plus moi…

— Qu'est-ce qui t'étonne ? Bertrand est assez grand pour sortir sans nous. Ce ne serait pas la première fois, tout de même. S'il avait un rendez-vous...

— Il est parti pour de bon, Louis.

— Arrête un peu, où veux-tu qu'il aille ?

Mais François ne plaisantait pas :

— Et ça ?

Il me montra deux chèques.

— Ils sont bons, j'ai vérifié.

Bertrand avait signé les deux, l'un à ordre de François, l'autre pour moi, sans les barrer. Dix mille francs. Un bon rapport de tiercé.

— Il ne m'a jamais fait de cadeau si important, disait François, au bord des larmes. Et puis, ce n'est pas tout.

Il me tendit une lettre écrite par Bertrand à notre intention. Une lettre ? Trois mots.

Bertrand avait accepté une offre des États-Unis. Une compagnie de cartes de crédit. « Ils n'ont pas voulu de vous, je n'avais pas le choix. » Il s'excusait. Tout avait été arrangé avec les *Magasins*. La veille, Bertrand avait vu le banquier Chipel et les autres. Les patrons comme lui ne donnent pas de préavis. Il avait bien quitté Paris, ce matin de très bonne heure, un taxi l'avait conduit à l'aéroport de Roissy. « Vous dormiez si bien, tous les deux », continuait Bertrand dans sa lettre. « Vous étiez mes deux bras, mes deux mains, je ne vous remplacerai pas. »

Je repris ma veste de velours accrochée à une poignée de porte, je ne m'avouais pas encore battu. Je regardai Lingre en rigolant :

— C'est une blague, François. Tu ne vas pas avaler un truc pareil. Tu penses bien qu'il n'aurait pas abandonné son appartement, ses objets...

— Son sac de voyage, son passeport ont disparu. J'ai bien fouillé.

Je n'aimais pas les réponses de François. Je décidai de gagner les *Magasins* sans attendre. François dans la Rover et moi à côté de lui. Comme toujours.

— Tu ne veux pas un café ? Que je te fasse couler un bain.

— Pas de temps à perdre.

Les *Magasins* étaient encore fermés. La porte du personnel n'ouvre qu'à huit heures et demie. De Mer arrive dans les premiers avec les vendeuses.

— Monsieur De Mer !

Nous le guettions sur le trottoir d'en face.

— Monsieur De Mer !

Il nous avait aperçus et nous l'avions rattrapé.

Nous montions maintenant les escaliers tous les trois, en file indienne.

— Vous êtes au courant ?

— Au courant de quoi ? me répondit De Mer.

J'adressai un sourire à François, si le chef du personnel n'avait pas été prévenu, il pouvait très bien s'agir d'une farce, d'un tour joué par Bertrand.

— Entrez dans mon bureau, insista De Mer. Il est si tôt. Et puis, c'est vrai, on ne se voit jamais.

Une petite enveloppe jaune était posée sur sa table.

— Ça, ça vient d'en haut, nous précisa De Mer en la décachetant.

Une communication à tous les services se trouvait à l'intérieur, informant De Mer que Bertrand Malair, directeur général des *Magasins*, ne faisait plus partie de la maison.

— C'est de ça que vous me parliez, Coline ?

À neuf heures, nous étions passés chez Belais — son bureau communiquait avec celui de Bertrand —, il savait peut-être des choses.

— Alors, les gars, ça vous en fiche un coup, non ? nous lança Paul en triant son courrier.

— Il t'avait averti ?

— Non, mais avouez que ce n'est pas tellement surprenant. Les résultats de Bertrand, ici, ne sont pas bien fameux. Et, comme il était impossible de lui dire quoi que ce soit, que voulez-vous ? Après le boum de la rentrée, ça n'a pas été très brillant. Si je te donnais le chiffre global du budget de publicité, tu tomberais à la renverse, Louis. Insensé !

Belais appuya sur ce mot, il n'avait pas l'air soucieux, ne cessait de parler.

— Alors, vous pensez bien que cette proposition de la Salz, c'est bien la Salz, hein ? Oui, la Salz company... Il n'allait pas cracher dessus.

— Et nous ? Et toi ?

— Moi, je ne travaille pas à la promotion, conclut Paul.

François qui ne travaillait nulle part, rattaché à aucun service, était resté immobile. Orphelin.

— Viens, Louis.

Il me dit qu'aujourd'hui nous avions le droit de manquer, à titre exceptionnel.

Nous avions marché une bonne partie de la matinée autour du quartier sans rien nous dire. En remontant dans la Rover, François m'apprit qu'un studio, par chance, s'était libéré dans l'immeuble de sa mère, vers l'École militaire, qu'il allait le prendre. Provisoirement.

Nous sommes retournés chez Bertrand ce matin, et François a fini par se fâcher. Je n'ai pas répondu à sa question. Alors, il me l'a répétée plusieurs fois en haussant le ton, les épaules :

— Ça va servir à quoi qu'on aille aux *Magasins*, Louis ?

Il a posé son paquet de biscottes et s'est mis à me secouer brutalement.

— On ne va pas se battre, François. On n'est plus que tous les deux.

Il m'a lâché, s'est excusé et m'a serré la main pour faire la paix. J'aime quand François ne boude plus.

— Il va bien nous écrire, nous donner de ses nouvelles. Un coup de fil...

François pense que non. Bertrand fera le mort.

— Et l'appartement ?

— Peut-être qu'il l'a vendu ? Qu'est-ce que tu en sais ?

François se regarde dans la glace, maintenant, au-dessus du bureau de Bertrand :

— Je suis Bertrand Malair, ânonne-t-il, mais ça ne colle pas.

Alors, il arrête très vite, se recoiffe avec les doigts, constate qu'il s'est encore mal rasé,

François a une peau fragile, et se tourne vers moi :

— Essaye, Louis.

Je tente la même expérience et c'est aussi lamentable.

— Prenons au moins les livres, propose François, c'est mieux que rien.

Sur chaque livre, Bertrand a inscrit son nom. Il vaut mieux ne pas garder ça.

— On dira que c'est un cadeau.

Mais Bertrand nous a déjà tant donné.

— Les photos alors, les photos d'enfants...

— Pour quoi faire ?

François ramasse son paquet de biscottes :

— Il en reste une, Louis. Tu n'en veux vraiment pas ?

*Du même auteur :*

*Aux Éditions Grasset*

LES SEINS DE BLANCHE-NEIGE.
AFFAIRES PERSONNELLES.
MÉCHANT.
MON PÈRE AMÉRICAIN.
AFFAIRES ÉTRANGÈRES.

*Aux Éditions Julliard*

MONSIEUR PINOCCHIO.

*Aux Éditions du Seuil*

SAMEDI, DIMANCHE ET FÊTES.
LES PETITS VERLAINE.
LA PARTIE BELLE.
LA COMÉDIE LÉGÈRE.
LE SOMMEIL AGITÉ.
LES ENFANTS DE FORTUNE.
L'AMI DE VINCENT.
PORTRAIT CRACHÉ.
L'ANGOISSE DU TIGRE.
UN DÉBUT D'EXPLICATION.

Composition réalisée par INTERLIGNE

IMPRIMÉ EN FRANCE PAR BRODARD ET TAUPIN
La Flèche (Sarthe).
N° d'imprimeur : 2554 – Dépôt légal Édit. 3185-06/2000
LIBRAIRIE GÉNÉRALE FRANÇAISE - 43, quai de Grenelle - 75015 Paris.

ISBN : 2 - 253 - 14901 - 2 31/4901/0